DE S@CHA À M@CHA

Pour Rachel, mon amie de cœur et de plume

Y. H.

Pour Yaël, mon amie de plume et de cœur

R. H.-D.

© 2001, Castor Poche Flammarion

YAËL HASSAN et RACHEL HAUSFATER-DOUÏEB

DE S@CHA À M@CHA

Castor Poche Flammarion

De: Sacha <sacha@intercom.fr>
À: natacha@intercom.fr
Date: 17 mars

Message:
Il y a quelqu'un?

De: Mail Delivery Subsystem
À: sacha@intercom.fr
Date: 18 mars

Message:
Mail revenu en erreur.
L'adresse suivante présente des erreurs fatales.
Service unavailable.

De : Sacha <sacha@intercom.fr>
À : anouchka@intercom.fr
Date : 19 mars

Message :
Il y a quelqu'un ?

De : Mail Delivery System
À : sacha@intercom.fr
Date : 20 mars

Message :
Mail revenu en erreur.
L'adresse suivante présente des erreurs
fatales <anouchka@intercom.fr>
Service unavailable.

De: Sacha <sacha@intercom.fr>
À: macha@intercom.fr
Date: 21 mars

Message:
Il y a quelqu'un?

De: Macha <macha@intercom.fr>
À: sacha@intercom.fr
Date: 21 mars

Message:

Bien sûr qu'il y a quelqu'un, puisque je suis là, moi! Quelqu'un ou plutôt quelqu'une. Ou même ni quelqu'un ni quelqu'une mais moi, Macha. Car n'est-ce pas à Macha que tu t'adresses? N'est-ce pas elle que tu cherches? Alors pourquoi demander s'il y a quelqu'un et non pas directement: «Tu es là, Macha?»

J'avoue avoir hésité avant de lire ton message. C'est à cause de mon frère qui m'a interdit de lire des messages provenant d'inconnus. C'est comme ça qu'on choppe des saletés de microbes qui te foutent ton système en l'air. Je ne suis pas bien sûre qu'il ait utilisé le mot microbe, d'ailleurs. C'était autre chose qui ressemble... Virus! Voilà, c'est le mot exact. Enfin, virus ou microbe, une chose est sûre, d'après lui, c'est que ça se guérit difficilement car il n'y a pas de vaccin contre ce genre de bestioles. Alors j'ai un peu hésité, avant de te lire. Mais pas trop parce que depuis que mon frère a enfin accepté de me créer ma propre boîte aux lettres sur son ordinateur, ça fait quinze jours environ, après des mois de tractations et l'intervention finale et décisive de mon père, depuis, donc, je n'ai pas reçu le moindre courrier, le moindre tout petit message. Qui m'aurait écrit? Mes copines? Pour quoi faire? On se voit tous les jours au collège. Des inconnus, donc? Mais comment un inconnu m'écrirait puisque tout inconnu est censé ne pas me connaître, justement? Tu me diras que tu l'as bien fait toi. Mais si tu m'as écrit c'est que je ne te suis pas inconnue. Et si je ne te suis pas inconnue, c'est que tu ne l'es pas pour moi. Donc, il n'y avait aucune raison que je ne te lise pas.

Et puis, il y avait ton prénom. As-tu remarqué que nous n'avons qu'une lettre de différence? Et n'avoir qu'une lettre de différence, n'est-ce pas un signe? Je veux dire que si ce qui nous rapproche est une lettre, n'est-ce pas évident que notre rencontre sera placée sous le signe de la correspondance? Tu me suis, Sacha? Je sais que je ne suis pas toujours très claire dans mes rapprochements d'idées, mais si tu veux qu'on corresponde il faudra t'y faire.

Tu as dû remarquer aussi que, contrairement à toi, je suis plutôt du style bavard. Très bavard. Mais je suis si contente d'avoir reçu ton message que je n'ai pas du tout envie de m'arrêter de papoter avec toi. Enfin, si on peut appeler ça papoter. Pour l'instant il n'y a que moi qui parle. Autant écrire des lettres, des vraies, m'a toujours ennuyée, autant je trouve ça chouette sur l'ordinateur. Aussi j'espère que tu me liras et me répondras et que cette première lettre à un presque inconnu ne restera pas lettre morte.

Macha

De: Sacha <sacha@intercom.fr>
À: macha@intercom.fr
Date: 22 mars

Message:

Je demande s'il y a quelqu'un parce que souvent il n'y a personne. En fait, il n'y a jamais personne. Mais là, il y a eu quelqu'un. Macha. Toi. Qui es-tu?

Sacha

De: Macha <macha@intercom.fr>
À: sacha@intercom.fr
Date: 23 mars

Message:
Salut Sacha,

Dis donc, je sais que je suis extrêmement bavarde, une vraie pipelette même comme me dit ma mère, mais le moins que l'on puisse dire, c'est que toi tu ne l'es pas du tout, bavard. Tu ne fais que me poser des questions: il y a quelqu'un, qui es-tu?.. Attends, t'es de la police ou quoi? Moi je croyais qu'on allait papoter, échanger, discuter... Mais il n'y a que moi qui parle.

J'étais super contente en voyant que tu m'avais répondu aussi vite, mais quelle déception! Alors comme je suis plutôt bonne fille, je vais encore te répondre en long et en large. Mais c'est la dernière fois. Fini, ensuite, le monologue.

Voilà. Je m'appelle Macha, ainsi que tu le sais déjà. J'ai... Mince! Désolée, je dois arrêter là, mon frère vient de rentrer et il veut que je lui laisse tout de suite l'ordinateur. Sorry!!!
À PLUS...

> De: Sacha <sacha@intercom.fr>
> À: macha@intercom.fr
> Date: 25 mars

Message:
Macha

Tous mes profs disent comme toi, que je ne parle pas assez. Tu n'es pas prof, j'espère!

Mais tu te trompes. Je ne suis peut-être pas bavard, mais je te parle, je te parle vraiment. Ne comprends-tu donc pas?

Toi, tu parles beaucoup, pourtant tu ne dis pas grand-chose. Après tes deux longs messages, je ne sais toujours rien de toi, à part que tu as un frère et que tu te sers de son ordinateur.

Alors je vais te donner les mêmes renseignements sur moi, comme ça on sera à égalité.

Je t'écris sur mon propre ordinateur que je ne partage avec personne, hélas! car je n'ai pas de frère. Ni de sœur. Ni… Non, rien.

Si tu veux en savoir plus, dis-m'en plus! Mais tu sais, Macha, on n'est pas pressés
Sacha

De: Macha <macha@intercom.fr>
À: sacha@intercom.fr
Date: 26 mars

Message:

Je suis désolée de ne pas t'avoir répondu plus vite mais aujourd'hui c'est dimanche et le dimanche mon frère est toujours à la maison, scotché à son ordinateur. J'ai tourné toute la journée comme un ours en cage, espérant qu'il allait s'arrêter un moment, un tout petit moment. Mais il a compris mon manège et je suis sûre qu'il l'a fait exprès pour m'embêter. Et quand enfin il a eu envie d'aller aux toilettes, il a bloqué quelque chose sur la machine et je n'ai pas pu l'utiliser. J'aurais bien été me plaindre à papa, mais, dans ce cas, j'aurais été obligée de lui expliquer pourquoi je voulais juste me connecter pour quelques secondes et je n'ai pas envie de leur parler de toi. Je pense qu'il ne comprendrait pas que j'écris à quelqu'un que je ne connais pas. Alors, j'ai pris mon mal en patience comme on dit. Surtout que j'avais envie de te laisser mariner un peu vu que j'ai trouvé que ton message n'était pas trop gentil. Mais je ne suis pas rancunière et puis je commence à apprécier ton côté secret.

Veux-tu vraiment que je te décline là mon identité, mon physique, la couleur de mes yeux, de mes cheveux, mes goûts? Et ensuite, une fois que tu sauras tout ça, que se passera-t-il? Seras-tu plus avancé? Est-ce en fonction de ce que je suis ou de ce que je ne suis pas que tu décideras de continuer ou non à m'écrire? Ne préfères-tu pas plutôt me deviner et me laisser te deviner? Surtout que tu sembles particulièrement doué pour lire entre les lignes. Ne serait-ce pas amusant de ne pas se présenter, justement? De ne rien savoir l'un de l'autre et de se découvrir mutuellement comme ça, par hasard, au détour d'une phrase, d'un bavardage? Tu vois, je ne sais encore rien de toi et pourtant j'éprouve déjà un très grand plaisir à correspondre, à attendre tes messages, à te répondre... Alors, on continue ainsi?

Macha

> De : Sacha <sacha@intercom.fr>
> À : macha@intercom.fr
> Date : 27 mars

Message :

Tu es un peu énervante, Macha, tu sais ça ? Tu déformes tout ! Je n'ai jamais dit que je voulais que tu me donnes plein de détails sur toi. J'ai juste essayé de t'expliquer qu'en fait, malgré tes longs messages, tu ne te dévoilais pas plus que moi. Mais je ne m'en plaignais pas, au contraire. C'est toi qui a râlé la première, rappelle-toi.

Bien sûr que je suis d'accord pour avancer à tout petits pas, à tout petits mots. Ça ferait trop peur, sinon. Et puis quand on dit tout, on ne dit souvent rien. Parce qu'il y a des choses qu'on ne peut pas dire d'un coup, et ce sont justement celles-là qui sont importantes. Et vraiment vraies. Alors il faut y aller doucement, pour les laisser venir. Tu comprends ?

Réponds-moi Macha. J'ai moi aussi beaucoup de plaisir à correspondre avec toi. Même si tu es un peu énervante.

Ou peut-être bien à cause de ça !
Sacha

De: Macha <macha@intercom.fr>
À: sacha@intercom.fr
Date : 28 mars

Message :

Cher Sacha,

T'es pas énervant toi, peut-être ? Avec tes airs calmes et tes petites questions...

Mais qui se ressemble s'assemble me disait ma grand-mère...

Écoute, Sacha ! D'accord je suis bavarde, d'accord je suis énervante, d'accord je suis une râleuse, mais je suis comme je suis... T'aimes Prévert ?

Il est 22 h 45. Je tombe de sommeil et j'ai cours à 8 heures demain matin. J'ai guetté ton message toute la soirée. Je ne voulais pas aller me coucher sans te lire. Mais là, excuse-moi, je n'en peux plus. Alors pas de longs discours, ce soir (ça te changera un peu).

Je suis ravie que tu sois d'accord avec moi pour la politique des petits pas... Et confidence pour confidence, j'aime bien comme tu écris. Moi aussi je commence à savoir beaucoup de choses sur toi. Car, derrière mes faux airs d'écervelée, je suis quelqu'un de très perspicace, vois-tu ?

Bonne nuit.

Macha

De: Macha <macha@intercom.fr>
À: sacha@intercom.fr
Date: 29 mars

Message:
Salut, Sacha.

Je sais que ce n'est pas à mon tour d'écrire mais Jo est à son club informatique du mardi et son ordinateur, tout seul, abandonné, m'a tendu les bras. Jo, c'est Joseph, mon frère. Il ne supporte pas qu'on l'appelle Joseph. Alors tout le monde doit l'appeler Jo... Prononcer Djo, s'il vous plaît, à l'américaine.

C'est pas que j'aie quelque chose de particulier à te dire mais j'ai juste envie de te faire un petit coucou inattendu avant d'aller me coucher avec un bon bouquin. Je ne suis pas très télé. Et toi? Par contre, je suis incapable de m'endormir sans avoir un peu bouquiné d'abord.

Bon, ben... C'est tout, pour ce soir. J'attends de tes nouvelles...

Macha

De: Sacha <sacha@intercom.fr>
À: macha@intercom.fr
Date: 02 avril

Message:

Macha

Je ne t'ai pas répondu tout de suite parce que certains soirs j'en ai assez de voir la face toute plate et clignotante de mon ordinateur. Alors je ne l'allume pas, et je reste dans le noir.

Mais aujourd'hui je l'ai branché, et j'étais content d'avoir deux messages. Je me suis senti riche.

Pour répondre à ta question, moi aussi j'aime lire; en fait, je lis tout le temps.

Je n'ai pas grand-chose d'autre à faire, d'ailleurs. Mais je me demande comment toi tu trouves assez de silence pour pouvoir lire en paix. J'ai l'impression que tu ne te tais jamais! Je me trompe? Ou bien peut-être lis-tu à voix haute?...

Avant de te laisser, j'ai moi aussi une question à te poser. Pourquoi ton frère s'appelle-t-il Joseph? Ça ne va pas avec Macha.

À bientôt.

Sacha

> De: Macha <macha@intercom.fr>
> À: sacha@intercom.fr
> Date: 03 avril

Message:

Décidément, le moins que l'on puisse dire, c'est que tu ne m'abreuves point de compliments. J'ai toutefois du mal à déterminer si c'est du lard ou du cochon. Mieux vaudrait pour moi que ce ne soit ni l'un ni l'autre, remarque, mais je ne peux t'en dire plus à ce sujet pour le moment. Et ne crois pas que Macha et Joseph ne vont pas ensemble. Ils se complètent parfaitement, sont dans la même logique. Disons qu'on les a juste un peu déviés de leur trajet initial. Mais, là non plus, je ne peux t'en dire davantage.

Je pense que tu te fies trop aux apparences. Je suis parfaitement capable de me taire, de temps en temps, quand il le faut. Mais voudrais-tu donc que je reste muette devant l'ordinateur? Elle serait belle notre correspondance si elle n'était faite que de silence… On essaie?

D'accord…

Voici donc, cher Sacha, un très très long SILENCE…

De : Sacha <sacha@intercom.fr>
À : macha@intercom.fr
Date : 05 avril

Message :

Rien à faire, hein, Macha ? Même quand tu ne veux pas parler, tu parles… pour me dire que tu ne parles pas !

Et puis tu me fais rire quand tu écris : «Je ne peux t'en dire plus.» Mais cette phrase en dit beaucoup, justement ! Quand on ne veut rien dire, on ne dit rien : première leçon de VRAI silence (je suis un spécialiste). Pas ton silence en toc, si bruyant que j'en ai les oreilles qui tintent. À moins que ce ne soit mon rire qui résonne ainsi.

Merci en tout cas de dire, de taire, et de me faire rire. C'est rare le rire, ces derniers temps (depuis ma naissance, en fait. Ou presque).

À bientôt petite Macha.

De : Sacha <sacha@intercom.fr>
À : macha@intercom.fr
Date : 08 avril

Message :

Vous n'avez pas de nouveau message.

Vous n'avez pas de nouveau message.

Vous n'avez pas de nouveau message.

Voilà ce que mon ordinateur m'annonce tous les jours. Que se passe-t-il, Macha ? Tu es fâchée ?

D'abord je me suis dit que tu étais partie en vacances pour Pâques sans me prévenir. Mais les jours passent, et toujours rien. Alors je pense que tu as mal pris mon dernier message. Mais je ne me moquais pas de toi, pas vraiment. Je croyais que tu comprendrais.

Ou bien tu en as déjà marre de moi et de mes messages prudents. Alors je vais prendre un risque. Je vais t'en dire plus, un peu trop vite à mon gré, mais tant pis.

Voilà : avant de t'écrire, j'ai envoyé un message à « Natacha » et à « Anouchka » tous deux restés sans réponse.

Si tu ne me réponds pas, je saurai que je ne t'intéresse pas. Que tu es comme tout le monde :

quelqu'un qui ne fait que passer, quelqu'un qui ne reste pas, quelqu'un qui part. Et ça fait mal.

Sacha

De: Macha <macha@intercom.fr>
À: sacha@intercom.fr
Date: 10 avril

Message:
Salut Sacha!!!

Je suis là, de retour!!! Oui, je boudais un peu. Oui, je suis partie en vacances sans te le dire. Mais je l'ai regretté et tu m'as terriblement manqué. Alors, ne sois plus fâché... s'il te plaît. Je t'écrirai un long, très long message dès demain. Car ce soir je suis fatiguée. La bonne nouvelle est tout de même que j'aurai l'ordinateur pour moi toute seule tout le restant de la semaine car Joseph ne rentre pas avant dimanche.

À demain, Sacha.

Et sans rancune, hein?

Macha

De: Macha <macha@intercom.fr>
À: sacha@intercom.fr
Date: 11 avril

Message:
Me revoilà, Sacha, comme promis.

Et là j'ai tout le temps pour t'écrire.

J'ai relu attentivement tes messages précédents, de peur de louper quelque chose, de peur de laisser quelque chose d'important m'échapper. Car le moins que l'on puisse dire c'est que tu utilises les mots avec parcimonie. Pas comme moi qui parle à tort et à travers. Peu de mots certes, mais comptés et pesés. Tu vois que, malgré mes airs de fofolle, je sais lire entre les lignes.

J'ai été ravie d'apprendre que je te fais rire, toi qui ne ris pas souvent... Jamais?

Et puisque tu te risques à quelques confidences, je vais t'en faire une, moi aussi. C'est pas facile à dire. C'est... Bon, je me jette à l'eau en espérant de tout cœur ne rien gâcher. Voilà, j'ai très bien compris que tu cherchais à correspondre avec une fille russe. Tu espérais tomber sur une Anouchka ou une Natacha et, finalement, c'est une Macha que tu as trouvée. Cela t'a apparemment satisfait. Mais au risque de te décevoir, je ne suis pas une Macha russe. Pas du tout. Je m'appelle ainsi car le prénom de mon arrière grand-mère juive polonaise était Mache (Prononcez Maché). C'était un prénom yiddish, comprends-tu ? En fait je suis une Macha juive.

Je ne sais pas si tu me parleras encore en comprenant ta méprise. Je vais guetter ta réponse avec un serrement au cœur.

Réponds-moi vite, Sacha.

Macha

De : Sacha <sacha@intercom.fr>
À : macha@intercom.fr
Date : 13 avril

Message :
Tu m'as répondu !

Je viens de rentrer et je me suis précipité lentement sur l'ordinateur, la peur au ventre de trouver encore et toujours ce maudit : « Vous n'avez pas reçu de nouveaux messages. » Mais à la place j'ai vu écrit : « Vous avez deux nouveaux messages. » Je suis soulagé, Macha.

Mon père m'a emmené quelques jours à la neige pour me détendre. Mais je ne me suis pas détendu. Lui oui.

Merci Macha d'avoir répondu à la question que je n'avais pas posée. Ta réponse n'est bien sûr pas celle que j'attendais en lançant au début mes messages de détresse russes. Mais maintenant les choses ont changé. Je ne cherche plus une Russe quelconque, puisque j'ai trouvé une Macha unique !

Les Polonais, je ne connais pas.

Les Juifs, je connais encore moins.

Mais Macha, je commence à connaître.

À bientôt.

Sacha

De: Macha <macha@intercom.fr>
À: sacha@intercom.fr
Date: 14 avril

Message:

Quel soulagement pour moi aussi. Je guettais ta réponse et commençais vraiment à croire que vu que je n'étais pas celle que tu cherchais, alors, tu étais parti t'en chercher une autre... Une autre que tu aurais trouvée.

Mais puisque ce n'est pas le cas et que tu sembles bel et bien décidé à me garder avec tous mes défauts, il va falloir que nous passions aux choses sérieuses, maintenant. Et peut-être nous dévoiler davantage... non?

Et si tu ne connais rien aux Juifs, ne t'inquiète pas, je t'expliquerai nos différences au fur et à mesure.

Te concernant, je sais déjà que tu es d'origine russe, que tu vis seul avec ton père, que tu es un garçon solitaire, peu bavard et peu rieur. Je pense que tu dois être quelqu'un de réservé, timide même, mais que tu gagnes à être connu. Je pense aussi que correspondre par Internet avec une fille comme moi doit te sembler plus facile que d'oser l'aborder directement. Ce que j'ignore totalement par contre, c'est ton âge. Mais je suis pratiquement sûre que nous devons être à peu près du même âge. Si je te pose franchement la question, mon petit doigt me dit que tu ne me répondras pas.

Alors, si je te demande si tu es collégien comme moi, que répondras-tu?

Bonne nuit Sacha.

P-S: Ravie de t'avoir retrouvé. Je crois que je ne pourrai plus me passer désormais de cette correspondance.

À demain.

Macha

De : Sacha <sacha@intercom.fr>
À : macha@intercom.fr
Date : 15 avril

Message :

Je réponds oui à ta question. Oui, mais plus pour longtemps.

Ce que tu dis de moi est vrai, mais cela m'a mis mal à l'aise de voir ces mots précis me dévoiler. Je n'aime pas parler de moi. Et voilà que je tombe sur une Macha qui aime bien parler d'elle, bien sûr, mais aussi parler de moi. C'est bizarre. Mais je m'habituerai. Peut-être même que j'y prendrai goût.

En attendant, je dois te rendre la politesse. C'est plus facile, car tu m'as donné pas mal de détails sur toi. Tu es d'origine juive, tu as un frère et je pense deux parents, tu as des amis et des copains et beaucoup d'énergie. Tu es vive et rieuse. Mais tu as aussi un côté secret, et c'est pour ça que tu m'acceptes. Es-tu triste parfois, Macha ?

Moi souvent.

À bientôt.

Sacha

| De : Macha <macha@intercom.fr> |
| À : sacha@intercom.fr |
| Date : 15 avril |

Message :

D'accord, tu es donc en 3ème. Moi, je suis en 4ème. Quant au caractère, je pense que tu as vu juste. J'ai bien sûr un côté secret, mais il est tellement bien caché que jamais personne ne l'a trouvé. Tu dois être un peu sorcier pour t'en être rendu compte aussi rapidement. Il m'arrive effectivement d'être triste parfois… mais c'est rare et ça ne dure jamais longtemps. Par contre, j'aime les gens un peu mélancoliques dans ton genre. J'ai toujours envie de les consoler, de m'occuper d'eux. Ma mère me dit souvent que je devrais être assistante sociale plus tard. Moi, je crois que je ne pourrais pas. La misère du monde me ruinerait vite le moral.

Si tu me le permets, j'aimerais continuer à te deviner un peu. Je pense que tu aimes la poésie. Moi, en tout cas, j'adore, surtout Prévert. Tout comme j'adore les poètes chantants comme Brassens, Barbara, Anne Sylvestre. Et ça, je ne l'ai jamais dit à personne. Si elles le savaient, les filles de ma classe me trouveraient ringarde. Et toi, Sacha, les aimes-tu ? T'arrive-t-il d'écouter de la musique que tu penses être le seul à aimer ? J'aimerais te faire aimer ceux que j'aime. Mais quelque chose me dit que tu les aimes, toi aussi. Non?

Je me dis aussi qu'il est fort probable que tu sois un fou des livres. C'est mon cas, également. Mais je suis incapable de deviner les livres que tu aimes lire. Peut-être Tolstoï, Dostoïevski (Je ne suis pas sûre de l'orthographe)? Remarque, c'est peut-être bête ce que je dis. Ce n'est pas parce que tu es d'origine russe que tu aimes forcément les écrivains russes. C'est vrai que moi, je lis beaucoup de livres sur...

Non, je ne vais pas t'embêter avec ça. Je pense que je ne saurais pas t'expliquer mon goût pour ce genre de lecture.

Bon, je crois avoir encore été joliment bavarde. Je ne voudrais pas te saouler, comme dit si bien Joseph.

Bonne nuit, Sacha.

Macha

> De : Sacha <sacha@intercom.fr>
> À : macha@intercom.fr
> Date : 16 avril

Message :
Macha

Tu as vu juste, je lis beaucoup de livres d'auteurs russes, parce qu'ils sont sauvages. Mon préféré est le plus fou d'entre eux, Dostoïevski, et son *Idiot* aussi mal-aimé que moi. Mais rassure-toi, je ne suis pas épileptique !

J'écoute aussi de la musique russe, les Chœurs de l'Armée Rouge ou des musiciens classiques comme Rimski-Korsakov ou Khatchatourian. Mais j'aime aussi le rap, c'est lancinant et envoûtant. Mon père, lui, n'écoute que du jazz, je déteste.

Mais tu t'es quand même trompée : je n'aime pas la poésie. C'est trop doux, ça fait mal. Et les chanteurs dont tu parles, c'est à mon père qu'ils plaisent, ce qui est plutôt mauvais signe…

Tu ne ressembles quand même pas à mon père, Macha ?

Au fait, tu ressembles à quoi ?
Sacha

De : Macha <macha@intercom.fr>
À : sacha@intercom.fr
Date : 17 avril

Message :

Aïe, aïe, aïe ! On ne peut pas dire que nous ayons les mêmes goûts… Loin de là. Et le fait d'avoir les mêmes que ton père ne me console pas particulièrement.

Mais s'il en est ainsi, j'éviterai d'aborder ce sujet, désormais. Car moi, tes auteurs russes ne me branchent pas vraiment. Je garderai donc pour moi mes lectures et mes poètes.

Quant à savoir à quoi ou à qui je ressemble, je pense qu'il est encore trop tôt pour te le dire. Ta question m'a d'ailleurs étonnée, cher Sacha. Il m'avait semblé pourtant que tu étais le genre de garçon qui attache peu d'importance à l'emballage et que seul le contenu comptait pour toi. Me serais-je trompée, là aussi ?

J'ai repris le collège ce matin. C'était plutôt galère après quinze jours de vacances.

Et toi, ta rentrée s'est-elle bien passée ?

De: Sacha <sacha@intercom.fr>
À: macha@intercom.fr
Date: 18 avril

Message:
Macha tu m'énerves!!!

Bien sûr que non, je ne m'intéresse pas à l'apparence, qu'est-ce que tu crois? Je ne suis pas comme ces garçons qui passent leur temps à faire les beaux et à draguer.

Je ne m'occupe pas des filles. En fait, tu es la première que je «fréquente».

Je t'ai posé cette question simplement parce qu'en écrivant à une Macha je m'imaginais quelqu'un de très blond, avec des yeux bleus et la peau blanche. Mais maintenant que tu m'as dit que tu étais juive, ça ne va plus. Je dois changer mon image de toi. Mais je me fiche de savoir si tu es grande ou petite, mince ou grosse, belle ou moche. Je veux juste connaître tes couleurs. Tu comprends?

Moi, je suis clair au-dehors mais sombre à l'intérieur.

Sacha

De: Macha <macha@intercom.fr>
À: sacha@intercom.fr
Date: 18 avril

Message:

Mais qu'est-ce que tu es susceptible, toi, dis donc! Tu prends la mouche pour un oui, pour un non. Avec moi, t'es plutôt mal parti, alors, car je n'ai pas l'habitude de garder ma langue dans ma poche et je dis ce que je veux, comme je le veux, quand je le veux. Et puis, je trouve que tu as vachement d'*a priori* sur les gens. Ce n'est pas parce que je suis juive que je ne peux pas être blonde aux yeux bleus! Tu oublies que je suis d'origine polonaise. Tu m'imagines comment alors? Les cheveux noirs crépus et le nez crochu? Eh bien, au risque de t'étonner, cher Sacha, je suis une rousse aux yeux verts et à la peau laiteuse. Mon nez est petit, retroussé et parsemé de tâches de rousseur. Je t'épate, hein? Mais qui te dit que c'est vrai?

Ne t'étonne pas si je ne t'écris pas demain. Ne pense pas que je sois fâchée, ou vexée. C'est vrai que je pourrais l'être mais ce n'est pas le cas. Je te pardonne tout. Avoue que je suis plutôt bonne fille.

Demain commence Pessah, la Pâque juive. Je ne serai donc pas disponible de la soirée. Et le deuxième soir nous sommes invités dans la famille.

À plus, donc.

Macha

P. J. macha. jpg

De: Sacha <sacha@intercom.fr>
À: macha@intercom.fr
Date: 21 avril

Message:

J'ai attendu pour t'écrire que ta fête soit finie,
parce que je n'aime pas attendre tes réponses
trop longtemps. Ça me fait drôle, ça me fait
vide.

Mais je ne savais pas que tu étais si pratiquante. Attention, ne te fâche pas! Ce n'est pas
une critique! Simplement ça m'étonne, parce
que c'est rare parmi les gens de notre âge.

Moi je n'ai pas de religion. Mon père en avait
une quand il était jeune… si on peut appeler
ça une religion. Je veux parler de la «religion»
dont le dieu est le prolétariat, la prière
l'Internationale et la Terre promise l'URSS. Tu
vois? Mais il n'est plus croyant maintenant,
avec tout ce qui s'est passé…

J'ai bien reçu ta photo en pièce jointe. Mais
il y a un problème: je n'ai pas d'écran couleur.
Pourtant, j'ai bien l'impression que tu n'es pas
rousse… Tu t'es fichue de moi ou quoi?

Mais tu as une bonne bouille de Macha!

Ce week-end, c'est Pâques, mais à part le chocolat, pour moi, ce n'est pas la fête.

Alors réponds-moi vite, pour que j'aie quelque chose de bien qui m'arrive.

Sacha

De: Macha <macha@intercom.fr>
À: sacha@intercom.fr
Date: 21 avril

Message:
Cher Sacha,

Je crois que je ne me suis pas bien expliquée. En fait si je ne pouvais pas t'écrire pendant les fêtes de Pessah, ce n'était pas pour des raisons religieuses mais tout simplement parce que je ne serai pas disponible ces deux soirs-là, et que je ne peux t'écrire que le soir, en général, parce que, le reste du temps, Joseph est scotché à l'ordinateur. Voilà.

En fait, je ne suis pas pratiquante, mais plutôt traditionaliste. Nous respectons les fêtes, et mangeons casher. C'est tout.

J'ai compris que ton père était un fervent communiste dans sa jeunesse. Mes grands-parents l'étaient aussi.

Que fais-tu pendant ce long week-end de Pâques? Moi, j'ai rendez-vous demain avec mes copains et copines des Éclaireurs à Paris. J'espère qu'il fera beau. Je ne pense pas t'avoir déjà dit que je fais partie depuis que je suis toute petite des EEIF, ce qui veut dire Éclaireurs et Éclaireuses Israélites de France. C'est en fait un mouvement scout. Tous mes copains et copines en font partie. On se connaît depuis qu'on est tout petits, on se voit très souvent en dehors des activités et on s'éclate vraiment tous ensemble. Joseph aussi en fait partie mais lui, il est animateur, maintenant. Ça, ce n'est pas très cool, car c'est à moi qu'il refile toutes les corvées et je me fais tout le temps engueuler devant mes copains.

Il y a une question que je me pose depuis le début et je pense que le moment est venu de te la poser. On ne s'est pas dit où on habite, l'un et l'autre. Veux-tu le savoir ou non ? Moi, j'aimerais bien te situer quelque part, ailleurs que sur une adresse électronique. Fais-moi savoir ce que tu en penses.

Bon week-end. Attention à ne pas faire une indigestion de chocolats !

Macha.

De: Sacha <sacha@intercom.fr>
À: macha@intercom.fr
Date: 22 avril

Message:

Macha

Comme d'habitude tu as un peu trop parlé… Car sans t'en rendre compte, dans ton dernier e-mail, tu m'as donné une indication sur ton adresse. En effet, tu as écrit: « J'ai RV demain avec mes copains des Éclaireurs à Paris. » Pas besoin d'être un génie pour en déduire:

1) que tu n'habites pas Paris

2) que tu habites près de Paris

Tu vis donc en banlieue, n'est-ce pas?

Eh bien, moi aussi!

Mais est-ce la même?

Je ne pense pas. D'ailleurs, je n'aimerais pas que tu sois ma voisine. Je te préfère en étrangère, en amie lointaine, qui peu à peu me devient proche.

Bon, je vais quand même te donner un indice pour me situer. Disons que j'habite près de Paris, mais dans la direction du pays où je suis né, loin, très loin de Paris.

Compris?

Bon week-end de Pâques à toi. Mangeras-tu

aussi du chocolat, même si ce n'est pas ta fête? Moi je ne vais faire que ça. Mes grands-parents vont m'en offrir des tonnes en murmurant: «Le pauvre petit!» Et je vais me gaver en pensant: «Les vieux...» Non, je n'ose pas te dire ce que je pense d'eux quand ils me regardent avec cet air-là.

À part manger, je n'aurai pas grand-chose d'autre à faire: pas de scouts (Papa est contre), pas de copains et copines (je suis contre), et personne que moi à retrouver. Et toi, sur l'ordinateur.

Sacha

De: Macha <macha@intercom.fr>
À: sacha@intercom.fr
Date: 22 avril

Message:

Vraiment Sacha, tu me désoles. Je peux comprendre que l'on soit timide, réservé, que l'on aime une certaine solitude… Mais toi, tu sembles t'y complaire… Tu es même plus que solitaire… Tu es carrément sauvage, non? Tout le monde peut avoir envie ou besoin de s'isoler de temps en temps, mais ce n'est pas très bon de se couper complètement du monde. Je suis bien sûr ravie que ma compagnie virtuelle te plaise, mais ce n'est pas suffisant. Il faut sortir, t'amuser, rencontrer du monde, t'éclater, quoi, comme tous les jeunes de ton âge. Par moments, je me dis que tu aurais besoin que quelqu'un (ou quelqu'une) te prenne par la main pour te faire découvrir le monde. Dans un de mes poèmes préférés, Jacques Prévert dit:

«Notre père qui êtes aux cieux, restez-y, et nous, nous resterons sur la terre, qui est parfois si jolie…»

Car elle est si belle la vie, Sacha, que ce serait criminel de passer à côté. Mais ne crois pas que je parle en petite fille gâtée qui ne voit pas plus loin que le bout de son nez. J'ai bien sûr deviné que quelque chose de très grave a dû bouleverser la tienne. Peut-être accepteras-tu de m'en parler un jour. Tout comme peut-être accepterai-je un jour d'être cette quelqu'une qui t'apprendra à découvrir qu'il est parfois si simple d'être heureux.

J'ai passé une super journée avec mes copains. Nous avions décidé de faire du roller, mais comme il pleuvait (l'as-tu seulement remarqué en te gavant de ton chocolat?) nous avons été au bowling.

Tu sais, je n'ai parlé de toi à personne. Même pas à ma meilleure amie. Tu es mon jardin secret. Et rassure-toi quant à notre voisinage. Moi, je suis à l'opposé de chez toi, à l'ouest de Paris. Nous ne risquons donc pas de nous croiser par hasard.

Voilà, Sacha, c'est tout pour ce soir. J'espère te retrouver dès demain. Je n'ose même pas te souhaiter « Joyeuses Pâques «, vu que, *a priori*, ce sera tout sauf joyeux. Alors bonne dégustation de chocolats. Dernière confidence, j'adore le chocolat.

Macha

| De : Sacha <sacha@intercom.fr> |
| À : macha@intercom.fr |
| Date : 23 avril |

Message :

Macha

Je voudrais bien te parler, mais j'ai peur des mots. J'ai peur des gens aussi. Mais pas de toi. Alors Macha, pose-moi des questions. Tu es si... exigeante que je serai bien obligé de te répondre ! OK ?

Mais pas trop de questions à la fois, hein ? Juste une, pour commencer. Vas-y.

Sacha

De: Macha <macha@intercom.fr>
À: sacha@intercom.fr
Date: 23 avril

Message:

Ça va être difficile, Sacha, car d'un côté les questions se pressent et je ne sais pas par laquelle commencer, et de l'autre j'aime bien te découvrir mot à mot, petit morceau par petit morceau. Il faut donc que je choisisse la question qui me semble la plus importante et je pense justement qu'à celle-ci tu n'auras sans doute pas envie de répondre. Alors, voilà. Tu as le droit à un joker. Si ma question te déplaît, te blesse ou te semble trop indiscrète, tu as le droit de ne pas y répondre, d'accord? Je ne me vexerai pas.

Ma question est donc la suivante: qu'est-il arrivé à ta maman, Sacha?

Hier, avec mes copains c'était génial mais, je ne sais pas trop pourquoi, je n'ai pas arrêté de penser à toi. C'est drôle comme, en si peu de temps, tu as pris de la place dans ma tête. Parfois je me demande si tu existes vraiment, si tu n'es pas seulement dans mon imagination...

Macha

De: Sacha <sacha@intercom.fr>
À: macha@intercom.fr
Date: 24 avril

Message:
Je ne sais pas.

De : Macha <macha@intercom.fr>
À : sacha@intercom.fr
Date : 24 avril

Message :

Comment ça, tu ne sais pas ? Tu ne sais pas ce qu'elle est devenue ? Tu ne sais pas si elle est morte ou vivante ? L'as-tu connue, au moins ? Je sais que là je ne respecte pas du tout les règles du jeu en te posant autant de questions à la fois, mais maintenant il faut que tu m'en dises plus. Et si tu ne veux pas, utilise ton joker… Je comprendrai.

Macha.

P-S. Je crois que je vais être très triste ce soir. Je me disais bien qu'il ne fallait pas que je la pose, celle-là. N'importe quelle autre question mais pas celle-là. En plus, je ne pourrai pas voir ta réponse car je pars chez ma grand-mère. Je devrai donc patienter.

De: Sacha <sacha@intercom.fr>
À: macha@intercom.fr
Date: 25 avril

Message:
Je ne sais pas où elle est.
Je ne sais pas ce qu'elle fait.
En fait, je ne sais pas qui c'est.
Je ne sais qu'une chose: c'est que je ne l'ai pas.
Et qu'elle me manque.

De: Macha <macha@intercom.fr>
À: sacha@intercom.fr
Date: 26 avril

Message:

Écoute, Sacha, excuse-moi d'être aussi directe, mais là, vraiment, je ne te comprends pas. Je crois que tu as un véritable problème, mon vieux. Un problème de communication, en fait. Tu sembles ignorer que lorsqu'on veut savoir des choses, on s'informe. Et l'outil qui sert à s'informer s'appelle le langage. C'est très utile, le langage, indispensable, même. Connais-tu, dans la Bible, l'épisode de la Tour de Babel ? Si tu avais su t'en servir, de ce langage, tu aurais demandé à ton père ce qu'est devenue ta mère, qui elle est, où elle est. Moi, à ta place, je l'aurais harcelé sans trêve pour savoir. Et toi, tu te contentes d'être malheureux, de souffrir en silence, dans ton coin, pire même, de te torturer depuis des années. Quand je te disais que tu as besoin que quelqu'une te prenne par la main pour t'emmener découvrir le monde, je crois qu'il y a plus urgent que ça en fait. Tu as besoin que cette quelqu'une te secoue comme un prunier.

Alors, c'est ce que je vais faire. Tu vas IMMÉDIATEMENT aller demander à ton père ce qu'est devenue ta mère. Voilà! J'attends!!!
Macha

De : Sacha <sacha@intercom.fr>
À : macha@intercom.fr
Date : 26 avril

Message :

Mais Macha, je lui ai déjà demandé ! C'est vrai que je ne parle pas beaucoup et mon père non plus, mais quand même, on n'est pas des tombes ! Et tu sais ce qu'il me répond chaque fois ?

«Je ne sais pas.»

Quand j'étais petit, j'acceptais cette réponse, cette non-réponse plutôt. Je me mettais à pleurer dans ses bras, il me semble qu'il pleurait aussi un petit peu, et puis je croyais oublier.

Mais, ces derniers temps, ça ne me suffit plus. Alors l'autre jour j'ai insisté, mais il répétait comme un âne : « Je ne sais pas, je ne sais pas.» Je me suis mis à crier : « Mais enfin, tu sais au moins qui c'est, non ? Il faut être deux pour faire un enfant ! Alors, avec qui tu m'as fait ? » Il a répondu, d'une voix bizarre : « Elle était russe.» Il s'est tu un moment puis il a ajouté : «Tu es né là-bas.» J'ai ouvert la bouche pour lui poser d'autres questions, mais il m'en a empêché : «Ça suffit Sacha. N'en parlons plus. Tout ça, c'est du passé. N'y pense plus et vis ta vie.» Et il est sorti de la pièce, l'air malade.

Je n'ai pas eu le courage de le poursuivre pour reprendre la conversation, l'interrogatoire plutôt. Ce n'est pas mon genre de torturer les gens. Pourtant, moi, ça me torture de ne pas savoir. Et j'ai l'impression que mon père… mais je veux d'abord avoir ton avis avant de te faire part de mes doutes. Tu sais, c'est la première fois que je raconte ça à quelqu'un, à quelqu'une plutôt, comme tu dis. Alors, qu'en penses-tu?

Sacha

De: Macha <macha@intercom.fr>
À: sacha@intercom.fr
Date: 27 avril

Message:

Ce que j'en pense, ce qu'en j'en pense… J'avoue que je ne sais plus quoi penser, là. Je suis sciée, tu comprends? Je n'ai pas l'habitude des gens compliqués, aux histoires compliquées. Je n'en ai jamais fréquenté jusqu'à maintenant. Une chose est certaine c'est qu'il y a là dessous une douloureuse histoire d'amour que j'imagine un peu ainsi: ton père jeune et beau (il est beau?) communiste s'en va en Russie, enfin en URSS à l'époque. Et comme c'est un pays hyper libre, on lui colle une super guide espionne style Mata Hari qui a pour consigne de ne pas le quitter d'une semelle. Elle ne s'attache pas qu'à ses pas mais aussi à toute sa personne. Bref Mata Hari tombe follement amoureuse du papa de Sacha, et arrive ce qui devait arriver… Mais voilà que le papa de Sacha doit rentrer chez lui laissant derrière lui Mata Hari, éplorée. Revenu en France, il ne parvient pas à oublier la belle Moscovite. Il retourne en URSS, où cette fois il est accueilli non pas par sa belle mais par une matrone obèse qui ne le quitte pas des yeux. Enfin, il arrive à lui fausser compagnie, retrouve l'adresse de Mata Hari qui l'accueille le ventre rond et la bouche en cœur. Ils ont à peine le temps de se faire un câlin que la matrone débarque dans leur nid d'amour en compagnie de deux policiers du KGB qui les arrêtent, lui et Mata. C'est de justesse qu'il ne sera pas déporté en Sibérie mais que font-ils d'elle? Lui sera finalement déposé comme un malpropre dans le premier avion en partance pour Paris. Mais il sait que Mata Hari porte son bébé. Il veut donc à tout prix la faire venir. Pour cela, il a besoin de l'aide des dirigeants de son parti qui sont plutôt embêtés par cette histoire et qui lui font de vagues promesses d'intervention. Le papa de Sacha perd alors tout espoir et puis, un matin, tôt, on sonne à la porte. Il ouvre. Personne. Mais si! Là, déposé sur le paillasson, un petit paquet qui gigote. Un bébé. «Il s'appelle Sacha», lui indique un morceau de papier épinglé à son vêtement. C'est ainsi que tu as débarqué dans la vie de ton père. Voilà ton histoire, Sacha. Qu'en penses-tu?

Macha

De: Sacha <sacha@intercom.fr>
À: macha@intercom.fr
Date: 28 avril

Message:

Macha, Macha! Quelle imagination! Ton histoire est marrante, mais ce n'est pas MON histoire.

Tu sais ce qui me gêne, en dehors du fait que c'est trop rocambolesque? C'est que tu fais jouer à mon père le rôle de victime, et que moi je le vois plutôt dans le rôle du... méchant. Pourquoi? À cause de ses silences, de son refus de discuter avec moi. C'est vrai que chaque fois que j'essaie de le faire parler il a l'air vraiment triste. Mais ça ne devrait pas l'empêcher de me dire la vérité, tu ne crois pas? On dirait qu'en plus de sa tristesse il a honte de quelque chose. Et si c'était de quelqu'un? Et si c'était de lui?

À part ça, il y a quand même un truc vrai dans ton délire: mon père est allé en URSS quand il était jeune, il y était même étudiant. Il lui arrive d'en parler quand on a des invités. Mais il ne fait que raconter des anecdotes ou décrire des lieux. Jamais je ne l'ai entendu parler d'amis ni d'amoureuse, encore moins de guide, et encore encore moins d'espionne!

De quoi est-il coupable?

Que cache-t-il?

Donne-moi tes idées. Même si elles ne me font pas beaucoup avancer dans ma recherche de la vérité, elles me font rire. Merci d'être fofolle, Macha!

Sacha

De : Macha <macha@intercom.fr>
À : sacha@intercom.fr
Date : 30 avril

Message :

Désolée d'avoir tardé à te répondre mais Jo avait invité sa copine hier à la maison et pas question donc pour moi de rentrer dans sa chambre.

J'avais bien une autre proposition d'histoire en tête mais elle me semble un peu moins probable. Je me disais que peut-être ton père, après avoir mis ta mère enceinte, l'aurait lâchement abandonnée, revenant en France sans elle. Mais là, le problème est de savoir comment tu es arrivé ici, toi ! De toute manière, Sacha, il n'y pas trente-six mille solutions à ton problème. Il faut que tu exiges de ton père la vérité. Tu es un homme maintenant, et il doit te parler d'homme à homme. Quels que soient ses torts, quoi qu'il ait fait, tu es en droit de savoir qui est ta mère. Ce n'est pas humain de sa part d'agir ainsi. Harcèle-le, questionne-le inlassablement, remets en cause même son amour envers toi, jusqu'à ce qu'il cède et consente à t'expliquer ! Moi, j'ai toujours fait comme ça. Quand je veux quelque chose, je ne lâche pas le morceau avant d'avoir obtenu satisfaction. Il faut que tu lui expliques que toute personne est en droit de connaître ses origines et qu'on ne peut avancer dans la vie si on ne sait d'où on vient. Que tu es comme un arbre sans racines, un arbre sans vie.

Exécution ! Et au rapport à Macha dès demain.

P-S: Demain, c'est le 1er mai ! C'est pas une fête communiste, ça ? C'est peut-être le moment ou jamais de le faire parler. Demande-lui de te raconter ses souvenirs de jeunesse...

De: Sacha <sacha@intercom.fr>
À: macha@intercom.fr
Date: 1er mai

Message:

J'ai obéi aux ordres de l'adjudant Macha et me voici au rapport.

Comme tu me l'avais conseillé, je me suis servi du 1er mai pour lui demander s'il allait manifester quand il était jeune communiste. Il m'en a parlé sans se faire prier, alors j'ai pensé que c'était bien parti et j'ai embrayé sur l'URSS. Là encore il m'a raconté plein de choses sur ses rêves de l'époque, ses espoirs, sa foi en un monde nouveau. Il croyait vraiment que l'URSS était un pays libre où tous les hommes étaient égaux. Même s'il sait maintenant que ce n'était pas vrai du tout, il garde un bon souvenir de son année d'étudiant là-bas. Je lui ai demandé, l'air de rien, dans quelle ville il vivait, et il m'a répondu: Leningrad, enfin Saint-Pétersbourg maintenant. Comme tu peux te l'imaginer, j'ai vu *Anastasia* un million de fois, alors je lui ai demandé si ça ressemblait au dessin animé, et il a ri en disant: «Un peu, oui. C'est vraiment joli.» C'était une discussion sympa, comme tu peux le voir. Mais j'ai tout gâché en demandant

63

brusquement : «Et ma mère, elle était jolie elle aussi? C'est à Leningrad, enfin, Saint-Pétersbourg que tu l'as rencontrée?» Et là son visage s'est refermé et il est resté silencieux un petit moment. J'allais lui sortir tout ce que tu m'avais dit sur mes droits, mes racines, etc., mais il m'a pris par les épaules en me disant :

— Écoute, Sacha. Ça ne sert à rien de demander, parce qu'il n'y a rien à répondre. Ou presque rien. Et ce presque rien te rendrait très malheureux si je te le disais.

— Mais c'est ma vie! ai-je crié. Mon histoire!

— Non! C'est ma vie, et celle de ta mère. C'est notre histoire à tous les deux. Et si elle est ratée, c'est notre problème, pas le tien. Je ne veux pas que tu portes le poids de cet échec sur tes épaules.

— Mais c'est encore plus lourd de ne rien savoir!

— Non. Tu te trompes. Parfois il vaut mieux ne rien savoir.

— On dirait que tu as honte! lui ai-je lancé, à bout d'arguments.

— C'est vrai, j'ai honte, a-t-il reconnu tristement.

J'ai laissé tomber, ça ne servait à rien d'insister. Et puis, je ne suis pas une Macha capable de se rouler par terre pour obtenir ce qu'elle veut, moi. Je suis reparti dans ma chambre et je t'écris. Réponds-moi, je me sens mal. Dans mon prochain message, je te dirai ce que je soupçonne. Parce que, quand même, il a bien avoué qu'il avait honte de quelque chose, non?

De: Macha <macha@intercom.fr>
À: sacha@intercom.fr
Date: 02 mai

Message:

Mon pauvre Sacha. Je pense que je ne suis pas celle qu'il te faudrait pour te donner des conseils. Finalement, je te complique tout et te rends plus triste encore que tu ne l'es déjà. Je suis vraiment désolée de t'avoir mis dans une telle situation. Et si ton père avait raison? Peut-être que la vérité est si moche finalement qu'il vaut mieux que tu ne la saches pas. Comme ça, tu peux au moins conserver tes rêves et ne pas gâcher le restant de ta vie avec quelque chose qui te ferait trop souffrir. Je ne sais plus trop quoi te dire, quoi te conseiller. Je pense que ton père est aussi malheureux que toi de cette situation. Elle le mine, le ronge tant qu'il n'arrive même pas à s'en délivrer. Le dernier argument que tu pourrais utiliser est celui-ci justement: lui dire que cela lui ferait du bien de t'en parler, que ça l'aiderait à se libérer et à analyser une situation qui n'est peut-être pas aussi grave qu'il le pense. Tu peux lui dire aussi qu'il ne peut te tenir écarté de cette histoire puisque tu en fais partie, en fait. Tu dois lui dire aussi que, lorsqu'on fait des enfants, on a des responsabilités envers eux et on est obligé de leur dire certaines choses, même si ça risque de faire mal. Enfin, je te dis ça, mais là, franchement Sacha, je ne sais plus trop ce qui est bien pour toi. Savoir ? Ne pas savoir ?

Je ne sais plus.

Macha

De : Sacha <sacha@intercom.fr>
À : macha@intercom.fr
Date : 03 mai

Message :

Non Macha ! Non, non et non !

Non, mon père n'a pas raison de se taire. S'il le fait, ce n'est pas pour me protéger comme il le dit (et comme tu le crois), mais pour SE protéger, j'en suis sûr.

Non, mon père n'est pas aussi malheureux que moi. Personne n'est aussi malheureux que moi. Il est mal, ça oui, mais c'est tout.

Non, tu ne me donnes pas de mauvais conseils. C'était une bonne idée d'essayer de lui tirer les vers du nez une bonne fois pour toutes, et si ça n'a pas marché, ce n'est pas ta faute.

Macha, écoute, je commence à croire qu'il a vraiment fait quelque chose de très moche.

Je me dis que, peut-être, ma mère est aussi malheureuse que moi, que mon père l'a...

Je dois arrêter, je l'entends dans le couloir. Réponds-moi !

Sacha

De : Macha <macha@intercom.fr>
À : sacha@intercom.fr
Date : 04 mai

Message :

Sacha, tu commences à me faire un peu peur. Moi aussi j'ai beaucoup d'imagination mais elle me sert plutôt à m'amuser, à m'évader. Mais la tienne, elle fait trop peur. Elle est triste, noire, pessimiste. Elle n'est pas positive du tout ! Pourquoi te mettre dans la tête qu'il a forcément fait quelque chose de moche ? Regarde dans quel état ça te met ! Arrête, je n'aime pas te voir comme ça ! Je crois que tu te rends plus malheureux que tu ne l'es vraiment, que ça te plaît, même. Je pense qu'il faut que tu tournes la page, une bonne fois pour toutes ! Passe à autre chose, Sacha ! Et surtout, promets-moi que tu ne vas pas faire de bêtises. Promets-le moi ou je cesse de t'écrire, Sacha !

Macha

De: Sacha <sacha@intercom.fr>
À: macha@intercom.fr
Date: 05 mai

Message:

Pas de problème, je te promets de ne pas faire de bêtises. Ce que je veux faire, ce n'est pas une bêtise, au contraire. Je veux découvrir la vérité, je veux trouver ma mère, tu comprends?

À force d'y réfléchir et de mettre bout à bout toutes les informations et tous les silences que j'ai recueillis, je crois savoir ce qui s'est passé. Je pense que mon père m'a enlevé à ma mère. Elle a dû tomber amoureuse de lui quand il était étudiant à Leningrad, et il en a profité pour faire... ce que tu sais. Résultat, elle est tombée enceinte. La pauvre a dû s'accrocher à lui, persuadée qu'il allait rester avec elle ou la ramener en France, et qu'il allait l'épouser. Mais lui ne l'aimait pas vraiment. Il a attendu qu'elle accouche de moi, m'a pris et est rentré en France en la laissant là-bas toute seule. C'est horrible, non?

Ça explique sa mauvaise conscience évidente, et son incapacité à me dire la vérité. Il a trop honte de lui, c'est pour ça qu'il essaie d'oublier. Mais moi, je ne peux pas. Parce qu'elle non plus, sûrement, ne peut pas m'oublier. Je veux la retrouver pour lui dire que je l'aime.

Macha, tu n'as absolument plus le droit de cesser de m'écrire. C'est trop tard.

Sacha

De: Macha <macha@intercom.fr>
À: sacha@intercom.fr
Date: 06 mai

Message: Sacha

J'ai été rudement soulagée de lire ta réponse ce matin. Je t'avais dit que je cesserais de t'écrire si t'avais l'intention de faire une bêtise. Mais je t'ai trouvé très calme ce matin et je suis rassurée.

Sacha, si ta version des faits est peut-être digne des romans russes que tu lis, elle est complètement irréaliste, d'après moi. Comment peux-tu croire que ton père t'ait enlevé à ta mère? Pour quelle raison l'aurait-il fait? Un homme ne s'embarrasse pas comme ça d'un bébé. Tu ne vas tout de même pas me dire que tu penses qu'il l'ait mise enceinte uniquement pour ça! Et comment aurait-il fait pour t'emmener? Tu crois que les Russes l'auraient laissé sortir avec un bébé, comme ça, sans rien demander? Non, je crois que tout ça ne se tient pas, Sacha. Je ne veux pas jouer le rôle de la méchante mais je pense devoir t'ouvrir les yeux.

Maintenant, je comprends parfaitement que tu veuilles retrouver ta mère. Je pense que tu devrais peut-être tenter de raconter à ton père cette version des faits et tu verras bien à sa réaction s'il y a du vrai dans tout ça ou pas.

Réponds-moi vite, Sacha

Macha

De: Sacha <sacha@intercom.fr>
À: macha@intercom.fr
Date: 7 mai

Message:

Macha,

Ma version des faits te paraît peut-être incroyable, mais je suis pourtant sûr de ne pas me tromper. Tu sais, la plupart des choses que font les adultes sont illogiques et stupides, tu ne trouves pas? Je ne pense pas que mon père ait eu du mal à me faire sortir d'URSS; après tout, je suis son fils, et il était communiste à l'époque, alors ça devait aider. Je ne sais pas pourquoi il aurait voulu s'embarrasser d'un bébé, mais peut-être qu'il voulait simplement faire du mal à ma mère. Ça existe, les hommes comme ça. Et ne me redis pas que ce n'est pas possible: tout est possible.

C'est vrai que je suis calme, très calme en ce moment. De t'avoir dit ce que j'avais sur le cœur et qui me trottait dans la tête à m'en rendre fou m'a fait du bien.

Maintenant je sais où j'en suis (nulle part), et où je vais (là-bas).

Merci Macha.

Sacha, ton ami.
P-S : Pense à moi.
P. J. sacha. jpg

De: Macha <macha@intercom.fr>
À: sacha@intercom.fr
Date: 08 mai

Message:

Sacha, c'est quoi ton plan, là? Qu'est-ce que tu comptes faire? Où comptes-tu aller? Et c'est quoi ce: «Pense à moi» qui me fait si peur soudain, qui me fait froid dans le dos. Sacha, je t'en prie, réponds-moi tout de suite! Je suis là devant mon ordinateur et j'enrage de ne rien savoir de toi, ni ton nom, ni ton adresse, ni rien, finalement. Je ne sais rien de toi, je ne te connais même pas et tu me fiches une trouille incroyable. C'était idiot notre jeu. Il aurait mieux valu tout nous dire dès le début, ou ne rien commencer du tout! Je ne sais plus où j'en suis moi. Je me fais un sang d'encre pour un mec que je connais à peine, un ami virtuel qui va sans doute faire une connerie que je ne peux même pas empêcher. Sacha, j'ai peur. Si tu trouves que c'est amusant comme jeu, moi, non. Je ne joue plus. J'ai trop peur. Mais je ne te pardonnerais pas de t'être fichu de moi. J'ai les larmes qui coulent et le cœur qui s'affole. Je déteste la situation dans laquelle je me trouve à cause de toi. Je te déteste, Sacha, de faire ce que tu fais. Allez, sois cool, je t'en prie. Il faut qu'on parle encore. Réfléchis!

Macha

P-S : Pourquoi m'envoies-tu ta photo maintenant ? C'est comme un signe… d'adieu ?

De : Macha <macha@intercom.fr>
À : sacha@intercom.fr
Date : 09 mai

Message :
Sacha, tu ne m'as pas répondu…

De: Macha <macha@intercom.fr>
À: sacha@intercom.fr
Date: 09 mai

Message:

Sacha, je suis sûre que tu n'es pas parti. Je suis sûre que tu lis tous mes messages et que tu t'amuses de me voir ainsi m'inquiéter pour toi. C'est vrai que je m'inquiète. C'est vrai que je suis folle d'angoisse. Et je le resterai tant que tu ne m'auras pas répondu. Mais je te jure que quand tu le feras, et que donc je serai rassurée, je ne t'écrirai plus jamais. Je t'effacerai alors définitivement de mon esprit.

Macha

De: Macha <macha@intercom.fr>
À: sacha@intercom.fr
Date: 10 mai

Message:

D'accord, tu as décidé de te taire. Fais-en donc à ta tête. Il faut juste que tu saches que je maudis le jour où j'ai répondu à ton message. Finalement, mon frère avait raison. Il faut se méfier des virus. Je dirais même qu'il faut se méfier aussi des minus dans ton genre dont le plaisir est de foutre la pagaille dans la vie des gens. Moi, ton virus je l'ai chopé, c'est vrai. Et je suis malade de rage de m'être ainsi laissée prendre.

Macha

De : Macha <macha@intercom.fr>
À : sacha@intercom.fr
Date : 10 mai

Message :
Sacha : Tu n'auras plus jamais de nouveau message !

De: Pierre <pierrebourg@intercom.fr>
À: macha@intercom.fr
Date: 10 mai

Message:

Macha,

Je suis le papa de Sacha. J'ai trouvé votre adresse e-mail sur son agenda. Qui que vous soyez, dites-moi si vous avez de ses nouvelles: il a disparu depuis deux jours.

Pierre Bourg

De: Macha <macha@intercom.fr>
À: pierrebourg@intercom.fr
Date: 11 mai

Message:

Monsieur,

Je ne pensais pas que Sacha était réellement parti. Avez-vous prévenu la police, au moins? J'espère quand même que vous avez une petite idée de l'endroit où il se trouve. Ce ne doit pas être trop difficile pour vous de comprendre ce qui se passe. Mais si vous avez encore des doutes, ouvrez donc la boîte aux lettres de Sacha et lisez le courrier que nous avons échangé les derniers jours avant son départ. Je vous en prie, retrouvez-le vite! Et une fois que vous l'aurez retrouvé et que vous vous serez enfin expliqué avec lui vous pourrez lui dire qu'il n'a surtout pas intérêt à m'écrire!

Macha

| De : Pierre <pierrebourg@intercom.fr> |
| À : macha@intercom.fr |
| Date : 11 mai |

Message :

Chère Macha,

Macha, vous devez vous demander pourquoi je ne m'inquiète que maintenant. Mais Sacha m'avait dit qu'il dormirait chez ses grands-parents dimanche et lundi soir. C'est quand il n'est pas rentré mardi que j'ai compris que quelque chose de grave se passait. J'ai passé la nuit à appeler ses grands-parents, ses camarades d'école et à le chercher dans toute la ville. Mais je n'ai pas prévenu la police. Je ne veux pas qu'on le traite comme un délinquant. Je sais qu'il n'a pas été enlevé, mais qu'il est parti de son plein gré. Et je veux qu'il revienne ainsi, de son plein gré. Sous son clavier d'ordinateur, il m'avait laissé un mot qui disait : « Je suis le fils de ma mère. »

C'est tout. Je ne comprends pas.

Je ne peux pas ouvrir la boîte aux lettres de Sacha comme vous me le conseillez, car je ne connais pas son « login ». J'ai essayé tout ce qui me venait à l'esprit, mais rien ne marche. Mais ce que vous dites m'intrigue et m'inquiète.

Pourriez-vous, je vous en supplie, me communiquer ce qu'il vous a confié? Cela m'aiderait sûrement à le retrouver.

Merci de me répondre et de ne pas nous laisser tomber, Sacha et moi.

Pierre Bourg

De : Macha <macha@intercom.fr>
À : pierrebourg@intercom.fr
Date : 11 mai

Message :

Monsieur,

Je n'ai aucune raison de ne pas vous dire ce que Sacha m'a raconté. S'il s'était comporté autrement envers moi, j'aurais pu hésiter, avoir peur de le trahir, lui faire de la peine, mais au point où on en est… Surtout que même si je lui en veux terriblement de s'être ainsi moqué de moi, je ne voudrais tout de même pas qu'il lui arrive quelque chose de grave.

Je suppose donc que Sacha est parti à la recherche de sa mère. D'après lui, vous l'avez lâchement abandonnée en URSS et êtes parti en lui prenant son bébé, Sacha. Il faut dire que c'est un peu votre faute ce qui vous arrive. Si vous aviez pu vous expliquer clairement avec votre fils, vous n'en seriez pas là. Vous me trouverez sans doute bien insolente, mais j'en ai marre de toutes vos histoires, moi. Histoires dans lesquelles je me trouve mêlée sans même vous connaître, vous. Même Sacha, je ne le connais pas autrement que par les quelques mails que nous avons échangés. Malgré ça, ma vie en est toute bouleversée et je passe mon temps à ronger mon frein. Mes copines ne me reconnaissent plus et même ma mère commence à s'inquiéter pour moi. Si elle savait que ce n'est qu'un copain fantôme qui me met dans tous mes états, elle en rirait bien. Moi, je n'ai pas la moindre envie de rire mais plutôt de pleurer. Surtout si vous vous contentez d'attendre que Sacha revienne de son plein gré. D'après moi, c'est pas demain la veille…

Alors, je vous en prie, faites quelque chose et surtout tenez-moi au courant si vous avez des nouvelles.

Macha

De: Pierre <pierrebourg@intercom.fr>
À: macha@intercom.fr
Date: 12 mai

Message:
Macha,

Qu'est-ce que c'est que cette histoire rocambolesque que Sacha vous a racontée?

Je n'ai pas abandonné sa mère en URSS en lui enlevant Sacha de force! Au contraire. Mais qu'importe après tout. Vous avez quand même raison sur un point: j'aurais dû tout dire à Sacha. Mais la vérité n'est pas belle et il est si sensible: j'avais peur de lui faire du mal. Et puis cette histoire m'a moi-même terriblement blessé, et j'évite autant que possible d'y penser et d'en parler, pour me protéger moi aussi. Jamais je n'aurais pensé que Sacha imaginerait n'importe quoi pour pallier mon silence. Je suis atterré.

Chère petite Macha, je voudrais tant le comprendre. Si seulement je pouvais consulter son e-mail et découvrir ce qu'il vous a confié et qu'il ne m'a jamais dit (ou plutôt, pour être honnête, ce que je n'ai jamais voulu entendre).

Avez-vous une idée de ce que pourrait être son login?

Vous me conjurez de faire quelque chose, mais

quoi? Je ne veux absolument pas qu'il soit recherché par la police. Cela serait trop humiliant pour lui, et cela pourrait avoir des conséquences désastreuses pour son avenir. Il doit bien y avoir un moyen de le retrouver sans passer par eux, non? Mais pour ça, je dois tout savoir et tout comprendre. Merci de m'aider, Macha. J'attends votre réponse.

Pierre Bourg

De : Macha <macha@intercom.fr>
À : pierrebourg@intercom.fr
Date : 12 mai

Message :

Cher monsieur Bourg,

Je me disais bien que Sacha avait une imagination délirante. Et ce que j'en pensais, moi, de votre histoire, était certainement bien plus proche de la vérité que la version de Sacha. Ce qui est dingue chez vous deux, c'est votre façon bien particulière de communiquer. C'est déjà ce que je reprochais à Sacha… Mais comme dit si bien ma grand-mère : les chiens ne font pas des chats… Bref ! L'urgent, pour l'instant, est de retrouver Sacha, sain et sauf. L'heure des comptes viendra après. Je suis peut-être bien jeune pour vous faire la morale, mais je crois tout de même que vous êtes sur la bonne voie en ce qui vous concerne. Et comme disait très souvent mon autre grand-mère : faute avouée est à moitié pardonnée. Le problème est donc de trouver son login pour que vous puissiez lire son courrier. Cela vous donnera à coup sûr des indices. Je suis presque sûre que celui-ci est Leningrad, Dostoïevski, ou quelque chose d'approchant. Essayez et dites-moi si ça marche !

De mon côté, je vous aiderai dans la mesure de mon possible et de mes moyens. Je ne peux bien sûr pas refuser de vous aider. Car ça va peut-être vous sembler ridicule ce que je vais vous dire mais Sacha… Non, c'est vraiment débile… Je ne comprends pas trop d'ailleurs ce qui se passe en moi. Enfin, disons que je suis très attachée à Sacha et je souhaite vraiment qu'il revienne sain et sauf et le plus rapidement possible. Alors, essayez tout de suite d'entrer dans sa boîte aux lettres et faites-moi signe. J'attends.

Macha

De: Pierre <pierrebourg@intercom.fr>
À: macha@intercom.fr
Date: 12 mai

Message:

Macha,

Vous aviez raison. Le login de Sacha est bien «Leningrad». J'aurais dû y penser plus tôt, à ça et à tant d'autres choses.

J'ai dévoré tous les messages que vous avez échangés et je me suis mis à pleurer.

Mon Dieu, quelle détresse! Et dire que je croyais que Sacha faisait une banale crise d'adolescence! C'est bien plus grave que ça, et je commence à avoir vraiment peur: il a l'air tellement perdu, mon pauvre petit Sacha, tellement seul.

Mais non, je me trompe: il vous a, et j'ai l'impression que grâce à vous il ne peut pas avoir fait une vraie bêtise.

Il donne de moi une image si négative, si agressive, cela me peine. Je ne suis pourtant pas bien méchant, je vous l'assure. En fait je suis plutôt doux et tendre, trop renfermé, peut-être, trop silencieux sûrement. En fait je suis... comme Sacha.

Que faire maintenant? Je pense moi aussi

qu'il a dû essayer de se rendre en Russie retrouver sa mère. Mais ils ne le laisseront jamais entrer : il est de nationalité française et il n'a pas de visa. Alors ?

Je reste à côté de l'ordinateur et j'attends votre message. Avez-vous une idée de ce que nous pouvons faire ?

Pierre Bourg

De: Macha <macha@intercom.fr>
À: pierrebourg@intercom.fr
Date: 12 mai

Message:

Monsieur,

Il faut rester confiants et surtout ne pas perdre notre sang-froid. J'ai ma petite idée quant à ce qui s'est probablement passé dans la tête de Sacha. Le tout est de me faire confiance, à présent. Nous le retrouverons, c'est sûr. Il va juste falloir être patient.

Je vous tiens au courant, comptez sur moi!

Macha

De : pierrebourg@intercom.fr
À : macha@intercom.fr
Date : 12 mai

Message :

Chère Macha,

Je suis peut-être fou, mais j'ai envie de vous faire confiance. Je me dis qu'après tout Sacha vous a fait confiance lui aussi, et que cela peut être le seul moyen de le retrouver, dans tous les sens du terme.

Mais faites vite ! Je campe près de l'ordinateur, je ne dors plus, ne mange plus et me saoule de café. Je ne vis plus.

Sans lui, tout s'est arrêté. Je l'attends. Je vous attends.

Pierre Bourg

De: macha <macha@intercom.fr>
À: pierrebourg@intercom.fr
Date: 13 mai

Message:

Monsieur,

Sacha rentre à la maison. Il devrait bientôt arriver.

De: Sacha <sacha@intercom.fr>
À: macha@intercom.fr
Date: 13 mai

Message:
Macha, merci.

Quand je t'ai vue ce matin à la gare, après cet horrible voyage, quand j'ai compris que c'était toi, j'ai bien cru mourir de soulagement. Je ne savais plus qui j'étais, encore moins ce que j'allais faire en arrivant. Je me sentais si sale, si désespéré, si seul, encore et toujours. Mais tu étais là à m'attendre, à me faire les gros yeux (les beaux yeux), à me gronder très fort, très gentiment. En t'entendant, je croyais lire un de tes messages! Alors, bien sûr, je t'ai obéi: je ne t'ai rien raconté et je suis rentré immédiatement chez mon père, qui m'attendait et qui pleurait. Ça m'a fait un choc, ça m'a fait mal. Ça m'a fait du bien.

Il m'a dit qu'on doit parler, qu'on va parler, tout dire, tout se dire. Mais pas tout de suite. D'abord, il veut qu'on se retrouve. Alors ce soir on va au restaurant. Je viens de prendre une douche d'une heure, pour enlever toute la poussière et la souffrance accumulées pendant ces six jours de voyage. Je me sens mieux, comme neuf. Mais encore tout fragile.

Je voudrais bien te raconter mon voyage, mais je ne sais pas si tu veux encore entendre parler de moi. J'ai lu les messages que tu m'as envoyés quand j'étais parti et ceux que tu as écrit à mon père, et tu as l'air vraiment fâché. Macha, es-tu vraiment fâchée?

Mon père aussi te remercie, «du fond du cœur», dit-il. Il veut te rencontrer, mais je lui ai dit: «Plus tard.» Moi d'abord. C'est vrai ça, je t'ai à peine vue à la gare: j'avais les yeux trop mouillés. Macha? Tu veux bien encore m'écrire?

Sacha

De: Macha <macha@intercom.fr>
À: sacha@intercom.fr
Date: 14 mai

Message:

Écoute, Sacha, il va falloir que tu me lâches un peu les baskets… pendant quelques jours, au moins. Cette histoire m'a… comment te dire? M'a vidée de toutes mes émotions, tu comprends? Je ne m'étais jamais trouvée face à une situation aussi difficile et j'ai besoin de faire le point, de mettre de l'ordre dans ma tête et d'y faire un sacré ménage. Alors, je ne voudrais pas que tu penses que je te laisse tomber à un moment où tu as le plus besoin de moi. Mais je pense que tu t'es pas gêné pour me faire de la peine et me faire souffrir. Et surtout, je pense que ce n'est pas de moi dont tu as le plus besoin, dans l'immédiat. Mais de ton père. Il a terriblement souffert, lui aussi. Lui, surtout. Je me doutais bien que tu te trompais sur son compte. Moi, je l'ai trouvé très doux, très émouvant. Enfin, ce que j'ai compris surtout, c'est qu'il t'aimait, toi, et je pense que cela devrait te suffire.

Alors, maintenant, tu vas attendre Sacha que je te fasse signe. C'est moi qui t'écrirai…

Bon courage à tous les deux pour tout ce qui vous attend.

Macha

De: Sacha <sacha@intercom.fr>
À: macha@intercom.fr
Date: 15 mai

Message:
Macha, non!
Je ne peux plus attendre. Écris-moi tout de suite s'il te plaît!

De: Macha <macha@intercom.fr>
À: sacha@intercom.fr
Date: 15 mai

Message:
Sacha!

Je te connais si bien à présent que je savais exactement comment tu allais réagir à mon ordre de ne plus m'écrire. Je suis donc restée à proximité de l'ordinateur, et j'ai guetté ton message. J'avoue que j'aurais été bien ennuyée si tu m'avais écoutée et si tu avais accepté de te taire quelque temps. Heureusement donc que tu as eu la réaction que j'attendais. Malgré tout, j'aimerais que tu reconnaisses que je suis plutôt cool comme nana, non? Alors, vas-y, raconte! Je suis tout ouïe.

Macha

De: Sacha <sacha@intercom.fr>
À: macha@intercom.fr
Date: 16 mai

Message:

Tu m'as fait une de ces peurs! J'ai eu l'impression que j'allais tomber dans un gouffre. Tu es la seule personne qui m'ait tendu la main: j'ai besoin que tu me la tiennes encore un peu. Beaucoup. Longtemps. Toujours.

Bon, je te raconte. Comme tu le sais, je n'allais pas bien du tout. J'avais l'impression d'être perdu, et je voyais mon père comme un ennemi, celui de ma mère et donc le mien. Je ne pensais plus qu'à mon histoire, ma non-histoire plutôt, et ce mystère m'aspirait comme un trou noir mortel. Je ne pouvais plus aller de l'avant. Alors je suis reparti en arrière. J'ai voulu remonter à la source, ma source. Aller déterrer mes racines. Retrouver ma terre, et ma mère.

J'ai donc pris le train pour Saint-Pétersbourg dimanche soir. J'avais dit à mon père que je restais coucher chez mes grands-parents, et à ces derniers que je rentrais à la maison. Je croyais que le voyage serait simple, mais quelle erreur! J'avais pris mon passeport, acheté mon billet aller-retour pour Saint-Pétersbourg, pris pas mal d'argent, et des tas de chips, de barres et de soda : prévoyant, hein ? Mais je n'avais pas prévu que ce serait si long et si compliqué. Je n'avais pas prévu que ce serait impossible.

D'abord il m'a fallu aller à Berlin. Le voyage a duré toute la nuit, et je n'ai pas réussi à dormir. Là-bas, j'ai dû attendre une journée entière avant de pouvoir prendre le train du soir pour Saint-Pétersbourg. Et tu sais combien de temps ce train mettait pour arriver à destination ? Exactement trente-neuf heures vingt-trois minutes, oui mademoiselle. trente-neuf heures vingt-trois minutes d'un voyage épuisant dans un train crasseux et poussif. Je me rongeais à me demander ce que je fichais là. Dehors, il faisait beau et clair, mais moi j'étais sale et sombre, des mains, du visage et du cœur. J'avais comme une angoisse qui me gonflait la poitrine. Je ne voulais pas penser à mon père, parce que ça me faisait de la peine, et je ne voulais pas avoir de la peine pour lui. La peine, je la gardais pour moi et pour ma mère. Mais je n'arrivais pas à penser à elle autrement qu'en questions. Qui est-elle ? Comment s'appelle-t-elle ? Où est-elle ?

Comment faire pour la retrouver ? Je t'entends déjà me dire qu'il était un peu tard pour me poser ces questions, et tu as raison…

Dans ma voiture se trouvait tout un groupe de lycéens allemands, monté comme moi, à Berlin. J'ai essayé de parler avec eux, mais c'était difficile car mon anglais… bof ! Ils se rendaient en voyage scolaire à Saint-Pétersbourg, et un de leurs accompagnateurs était… russe ! Quel soulagement ! Enfin, quelqu'un à qui je pouvais parler. Je fais russe en deuxième langue et je me débrouille plutôt bien.

Nous avons commencé à discuter. Il s'appelle Sergueï. Il est guide-accompagnateur de groupes scolaires. Il m'a parlé de son pays qu'il adore tout en regrettant qu'il ne soit pas encore très ouvert au tourisme. Il m'a demandé si je n'avais pas eu de mal à obtenir mon visa…

Quel visa ? !

C'est à ce moment que j'ai compris que j'avais un problème. Un très gros problème.

Macha, mon père m'appelle pour partir au restaurant (russe bien sûr ! Et c'est lui qui a proposé). Je continuerai mon histoire demain. Si elle t'intéresse. Elle t'intéresse ?

Sacha

De: Macha <macha@intercom.fr>
À: sacha@intercom.fr
Date: 17 mai

Message:

Bien sûr qu'elle m'intéresse! Elle m'intéresse et me révolte à la fois. Mais je te ferai part de mes commentaires plus tard, quand tu m'auras tout raconté.

J'attends la suite.

Macha

De: Sacha <sacha@intercom.fr>
À: macha@intercom.fr
Date: 18 mai

Message:
La voilà, la suite.

J'étais parti sur un coup de tête, un coup de cœur plutôt. Je n'avais pas pris le temps de penser à tous les problèmes qui risquaient de se poser.

Bon, en fait, il n'y en a eu qu'un, de problème, mais suffisamment important pour annuler tous les autres, et avec eux tous mes espoirs de retrouver ma mère: je n'avais pas de visa pour la Russie. De nouveau, je t'imagine levant les yeux au ciel d'un air excédé devant ma bêtise. Mais je pensais que, puisque j'étais né en Russie, j'étais russe! Je n'avais que mon passeport français, bien sûr, mais comme il y a marqué dessus «né à Leningrad (URSS)», je croyais qu'ils allaient me laisser entrer.

Et voilà Sergueï qui me parlait de visa! J'en suis resté pétrifié. Devant mon trouble, Sergueï m'a demandé, l'air horrifié:

— Tu n'as pas de visa?

J'ai fait non de la tête, et il a explosé:

— Mais enfin, Sacha, tu es malade! On

n'entre pas en Russie comme ça! Sans visa, tu risques de te retrouver en prison! On a quatre frontières à passer. Et même si les douaniers polonais, lituaniens et lettons ne s'intéressent pas à toi, jamais les Russes ne te laisseront passer!

Je me suis mis à pleurer. J'ai honte, mais c'est vrai: je n'en pouvais plus. Il s'est arrêté de crier, et je lui ai raconté toute mon histoire. Je ne sais pas ce qu'il en a compris, suffisamment en tout cas pour décider de m'aider.

J'étais content, je croyais qu'il allait m'aider à retrouver ma mère. Mais je me trompais. Il avait décidé de m'aider à retrouver... mon père.

Bon, Macha, je continuerai demain, après les cours. Je suis trop fatigué pour finir maintenant. J'ai un peu peur de retourner au collège. J'ai décidé que je ne répondrai à aucune question.

Sauf aux tiennes.

Sacha

De : Macha <macha@intercom.fr>
À : sacha@intercom.fr
Date : 19 mai

Message :

Très cher Sacha,

Plus, tu m'en racontes et plus… Comment te dire ? Je te trouve craquant. Oui, craquant de naïveté, de confiance, d'irréalité, de manque de maturité. Tu es une sorte d'extra-humain, pour moi.

Bon, maintenant que j'ai été une nouvelle fois super gentille et sincère à ton égard, tu vas ouvrir bien grand tes beaux yeux (j'ai eu le temps de me rendre compte que tu avais de beaux yeux), et lire les reproches que j'ai à te faire.

C'est dingue tout de même de n'écouter que son cœur sans même songer un seul instant à demander à sa tête ce qu'elle en pense. Honnêtement, Sacha, tu croyais vraiment qu'il te suffisait de prendre un train pour Saint-Pétersbourg pour arriver tout droit dans les bras de ta maman !

Mais bon, j'ai hâte de connaître la suite. Alors, continue !

De : Sacha <sacha@intercom.fr>
À : macha@intercom.fr
Date : 20 mai

Message :
Je continue.

Serguëi m'a d'abord dit que je devais absolument descendre à la prochaine gare et rentrer immédiatement à Paris, mais je l'ai supplié de me laisser tenter ma chance. Au point où j'en étais, je ne pouvais plus faire machine arrière. Je DEVAIS aller jusqu'à Saint-Pétersbourg, la ville de ma mère.

Serguëi a réfléchi quelques instants. Je voyais bien que mon histoire lui posait un problème. Mais il était gentil, Serguëi. Très grand, très blond, très calme. Très…père, et même s'il ne ressemblait pas au mien, il m'y a fait penser. Au bout d'un moment, il s'est décidé. Il m'a dit qu'il pensait que c'était de la folie mais qu'il allait essayer de me faire passer la frontière en m'intégrant à son groupe. D'après lui, je n'avais pratiquement aucune chance mais, au cas bien improbable où ça marcherait, il ne me laisserait qu'une seule journée à Saint-Pétersbourg avant de me remettre dans le train pour Paris.

J'ai accepté et je l'ai remercié. J'avais envie de l'embrasser mais je ne pense pas qu'il aurait apprécié...

À mon grand soulagement, les douaniers polonais, lituaniens et lettons se sont contentés du document collectif que leur a présenté Sergueï sans vérifier les papiers individuels et sans nous compter. Mais Sergueï m'avait prévenu que la difficulté viendrait des Russes et, en approchant de la frontière, j'ai commencé à me sentir malade de peur. Quand ils sont montés dans notre wagon, ils ont immédiatement réclamé tous les papiers. Sergueï leur a tendu la pile des passeports de son groupe. Il m'avait interdit de sortir le mien. La mort dans l'âme, j'attendais le moment où ils allaient se rendre compte qu'il en manquait un, quand ils ont extrait de la pile un passeport différent des autres. C'était celui de Suleyman, un élève d'origine turque. Pauvre Suleyman ! Ils ont tant perdu de temps à examiner son visa sous toutes les coutures que le reste des vérifications a été carrément bâclé. Et je suis passé entre les mailles du filet. Merci Suleyman !

Et merci Sergueï !

À Saint-Pétersbourg, après leur installation

à l'hôtel, Sergueï nous a fait visiter la ville. Je marchais à ses côtés, et il m'a raconté plein de trucs sur lui, sa famille, Tchouna, son village natal en Sibérie, sur la vie du temps de l'URSS et celle de maintenant. Saint-Pétersbourg est une très belle ville, qui ne ressemble à aucun autre endroit au monde. On dirait une ville de rois, une ville de conte. Je suis fier d'y être né. Mais je n'ai pas vraiment profité de la visite. Sergueï me montrait les ponts, les monuments, les canaux, les palais, les statues, et moi je regardais désespérément toutes les femmes qui passaient en me disant que l'une d'entre elles était peut-être ma «màma».

Nous sommes revenus à leur hôtel. Je me suis douché, mais j'ai dû remettre mes habits tout crasseux. Sergueï a dormi un peu, et je suis resté dans un fauteuil à me morfondre. Bien sûr, j'aurais pu me sauver. Mais j'avais compris que ça ne servirait à rien. Je me sentais si vide.

Et le soir, Sergueï m'a remis dans le train avec un paquet de sandwiches et une bouteille d'eau. Puis, après m'avoir ébouriffé les cheveux, il est sorti du wagon, et de ma vie.

Le reste du voyage a été horrible. Je ne voulais pas rentrer. Mais que faire d'autre ? J'étais de plus en plus sale et de plus en plus seul. À Berlin, changement de train et de nouveau attente, mortelle. Et encore un changement à Francfort ! J'en avais tellement marre d'attendre que j'ai voulu faire un petit tour dehors et je me suis perdu. J'ai raté mon train et j'ai dû prendre le suivant. Quand je suis enfin arrivé à Paris, j'étais toujours perdu.

Mais tu étais là.

Pourquoi t'étais là ?

Comment savais-tu que j'allais revenir ? Que j'étais parti ? Où j'étais parti ? Explique !

Sacha

De: Macha <macha@intercom.fr>
À: sacha@intercom.fr
Date: 21 mai

Message:
Très cher Sacha,

Si tu avais l'habitude de regarder un peu plus loin que le bout de ton nez, tu te serais rendu compte qu'il ne m'a pas été très difficile de deviner ce qui se passait dans ta petite tête. Mais comme ce n'est pas le cas, je suis obligée de te résumer le parcours brillant du cheminement de mes pensées.

Tu m'avais fait part de ton désir brûlant de retrouver ta maman. Sachant que tu es né à Saint-Pétersbourg, j'en ai déduit que ce serait évidemment ta destination. Le tout était encore de savoir comment tu y étais allé. Là, c'est ton père qui m'a inconsciemment aidée en me précisant que tu n'avais pas de visa. J'ai alors annulé la possibilité d'un voyage en avion. Il ne restait que le train. Et c'est là que les choses se compliquaient un peu. Car il fallait que je trouve les horaires des trains aller et retour. Heureusement que je suis tombée sur un très gentil monsieur aux renseignements SNCF qui m'a donné toutes les possibilités d'itinéraire et d'horaires. Je me suis dit qu'à cause du problème de visa tu serais rapidement refoulé, et j'ai calculé que tu ne pouvais rentrer qu'à partir du vendredi matin. Je suis allée t'attendre à la gare du nord le vendredi. Tu n'y étais pas. Et j'y suis retournée le samedi. Là, il y avait deux trains possibles. Un à 7 heures et l'autre à 9 heures. Pour le premier, cela ne me posait pas de problème, n'ayant cours qu'à 9 heures. Malheureusement, tu n'étais pas dans le premier train. Il n'était pas question pour autant que j'abandonne si près du but. Je me suis dit que j'allais tenter le deuxième, même si cela me faisait arriver très en retard en cours. Et là, bingo! J'ai tout de suite su que c'était toi avec ton air de naufragé. C'est vrai que j'ai été plutôt expéditive. C'est vrai que je ne t'ai pas sauté au cou. J'étais, je l'avoue, complètement bouleversée. De plus, je voulais passer à la maison avant de filer au collège pour envoyer un message à ton père le prévenant de ton retour. Une chance qu'il n'y avait personne chez moi pour me poser des questions.

Alors, qu'est-ce que tu en penses? Ne me trouves-tu pas hyper intelligente?

Au fait, tu ne m'as pas encore dit comment s'était passée l'explication avec ton père. C'est quand même le plus important, non?

De : Sacha <sacha@intercom.fr>
À : macha@intercom.fr
Date : 22 mai

Message :

Je ne t'en ai pas parlé parce qu'on ne s'est pas encore expliqués. On a estimé tous les deux qu'on avait besoin de quelques jours pour nous remettre de nos émotions et reprendre la vie côte à côte.

Sacha

De: Macha <macha@intercom.fr>
À: sacha@intercom.fr
Date: 23 mai

Message:

Mais c'est fou ça! Comment c'est possible? Décidément, j'ai bien du mal à vous capter, vous, les Bourg. Après tout ce qui s'est passé, vous avez réussi à dîner ensemble sans parler de ta fugue? Sans vous expliquer? Mais je rêve! Et de quoi avez-vous discuté, alors? De la pluie et du beau temps? Mais c'est à vif, à chaud qu'il fallait crever l'abcès. C'est dingue! Complètement dingue!

Macha

De: Sacha <sacha@intercom.fr>
À: macha@intercom.fr
Date: 24 mai

Message:
OK, OK! Ne te fâche pas. Je lui parlerai ce soir.
Ou plutôt demain, c'est mieux.

De: Macha <macha@intercom.fr>
À: sacha@intercom.fr
Date: 24 mai

Message:
Non, Sacha! Pas demain. Ma grand-mère dit toujours: «Ne remets pas à demain ce que tu peux faire le jour même.» Alors, ce soir!
Macha

De : Sacha <sacha@intercom.fr>
À : macha@intercom.fr
Date : 24 mai

Message :
Macha, je me suis trompé.
Peut-être que mon père avait raison.
Peut-être que j'aurais préféré ne pas savoir.
J'ai de la peine. J'ai perdu ma mère de rêve.
J'ai perdu mon rêve de mère.

De: Macha <macha@intercom.fr>
À: sacha@intercom.fr
Date: 25 mai

Message:
Sacha, explique-toi! Explique-moi! Raconte vite!
Macha

De: Sacha <sacha@intercom.fr>
À: macha@intercom.fr
Date: 26 mai

Message:
Je ne peux pas. Tu vas me prendre pour le dernier des idiots.

De: Macha <macha@intercom.fr>
À: sacha@intercom.fr
Date: 27 mai

Message:

Mais, merde, Sacha! Ça veut dire quoi, ça? Je pensais pourtant qu'au point où nous en sommes tu pouvais tout me dire! Qu'on se disait tout! Je te sers à quoi, alors? Juste à recueillir tes larmes? J'en ai marre, Sacha! Ou tu me racontes ou alors tout est fini entre nous. Et ce n'est pas une simple menace, un simple moyen de pression. Cette fois, je te jure que c'est vrai!

Macha

De: Sacha <sacha@intercom.fr>
À: macha@intercom.fr
Date: 28 mai

Message:

Mais Macha, tu ne peux pas me faire du chantage comme ça! On croirait que c'est un jeu. Mais je ne joue pas: je souffre. Ce n'est pas pour t'embêter que je ne t'ai encore rien raconté. Je n'y arrive pas, c'est tout. Comprends-moi et laisse moi un peu de temps pour… pour… je ne sais pas.

Sacha

De: Macha <macha@intercom.fr>
À: sacha@intercom.fr
Date: 29 mai

Message:

Sacha, tu commences sérieusement à me chauffer les oreilles! Je me doute bien que c'est difficile. Je sais que je ne te demande pas de me raconter le film que tu as vu hier soir à la télé. Mais c'est parce que c'est difficile que tu dois me raconter! Tu m'as suffisamment impliquée dans ton histoire, non? Et plus tu attendras, plus ce sera difficile. Tu me dis que tu souffres. Et moi, dis donc, je n'ai pas souffert de ton attitude, peut-être? Alors, vas-y! Raconte! Je n'attendrai pas éternellement!

Macha

De : Sacha <sacha@intercom.fr>
À : macha@intercom.fr
Date : 30 mai

Message :

Eh bien moi, si : je l'attendrai éternellement, ma mère. Parce qu'elle ne viendra jamais. Et je ne crois pas que je la rechercherai, maintenant que je sais. Elle ne voulait pas de mon père. Ni de moi. Elle s'est débarrassée de nous deux d'un coup : pratique, non ?

Horrible, non ?

De: Macha <macha@intercom.fr>
À: sacha@intercom.fr
Date: 31 mai

Message:

Je commence à comprendre ce qui s'est passé. Ton père avait donc raison de ne pas vouloir te dire la vérité. Écoute, Sacha, si tu ne veux pas m'en dire plus, je ne t'en voudrai pas. Même si je continue de croire que cela te ferait du bien de te confier.

Macha

De: Sacha <sacha@intercom.fr>
À: macha@intercom.fr
Date: 02 juin

Message:

Maintenant que j'ai commencé, je crois que je peux continuer. Surtout parce que... tu m'as répondu, et gentiment en plus (ce qui t'arrive rarement, reconnais-le). J'avais peur que toi aussi tu me laisses, que tu penses: puisque sa mère n'a pas voulu de lui, c'est qu'il est vraiment nul.

Mais non, tu n'es pas comme elle. Tu n'es pas elle.

Elle... une jeune serveuse de la cafétéria près de l'université où mon père prenait ses repas, du temps où il étudiait à Leningrad. Il m'a dit qu'elle était très blonde, très blanche, avec des yeux un peu tartares, et qu'il était tombé fou amoureux d'elle au premier regard. Il l'a invitée à sortir plusieurs fois et, un soir, l'a ramenée dans sa chambre d'étudiant. Bon, tu imagines ce qui s'est passé. Le matin suivant, quand mon père s'est réveillé, elle était partie. Après, à la cafétéria, elle ne lui disait même pas bonjour. Ça lui a fait très mal. Il pense qu'elle le croyait riche et qu'elle avait été déçue

128

en comprenant qu'il n'était qu'un pauvre petit étudiant de rien du tout. Bref...

Assez pour aujourd'hui. Assez.

Sacha

De: Macha <macha@intercom.fr>
À: sacha@intercom.fr
Date: 03 juin

Message:
Sacha,

J'imagine ta peine. Je t'assure que tu n'es pas obligé de continuer de me raconter la suite si ça te fait trop mal. Maintenant je suis heureuse que tu te sois enfin rendu compte de ma gentillesse et de ma sollicitude à ton égard. Quant à penser de toi que tu ne vaux rien, c'est vraiment n'importe quoi! Me suis-je une seule fois comportée envers toi avec mépris? Non, au contraire! Mon attitude prouve bien que loin de moi cette idée. Alors, continue, Sacha, de me raconter et je te consolerai de mon mieux!

Macha

De: Sacha <sacha@intercom.fr>
À: macha@intercom.fr
Date: 04 juin

Message:
Merci Macha.

Voilà la fin de l'histoire, la fin de mon histoire. Les mois ont passé, mon père ne voyait plus ma mère à la cafétéria. Il pensait qu'elle était partie et qu'il ne la reverrait jamais. Mais un soir on a frappé à sa porte. Il a ouvert et l'a vue, tenant dans ses bras un paquet de couvertures. Lui, il était content de la revoir, tu penses bien. Mais elle n'a pas voulu entrer. Il m'a dit qu'elle avait l'air pressée, inquiète peut-être. Elle a mis le paquet de couvertures dans les bras de mon père en lui disant très vite: « C'est ton fils, je ne peux pas le garder. Emmène-le dans ton pays. » Elle s'est retournée pour partir, et il lui a crié: « Attends! Comment s'appelle-t-il? » Elle a chuchoté: « Sacha », et elle a disparu sans qu'il puisse l'en empêcher.

Mon père a regardé dans les couvertures et il m'a vu. Minuscule. Et seul. Aussi seul que lui. En fermant la porte, il a senti quelque chose qui gênait, c'était un sac que ma mère avait

131

déposé là. Il l'a ramassé, a refermé la porte, m'a allongé sur son lit et nous nous sommes regardés sans dire un mot. Notre vie à deux commençait.

Dans le sac, il a trouvé trois biberons de lait et des petits habits tricotés. Et puis aussi un mot avec ma date de naissance, deux jours avant. J'étais si petit, et lui si jeune.

Dès le lendemain matin il est allé à l'ambassade de France. Là, ils lui ont conseillé de rentrer en France aussi vite que possible. Mais, auparavant, on m'a inscrit sur le registre d'état civil, sous le nom de : BOURG Sacha, né le 23 février 1985 à Leningrad (URSS), de père : BOURG Pierre, et de mère : inconnue.

Elle aurait dû le rester !

Je la déteste.

MACHA ! JE LA DÉTESTE !

De: Macha <macha@intercom.fr>
À: sacha@intercom.fr
Date: 06 juin

Message:
Cher Sacha,

Je comprends que tu puisses la détester. Mais peut-être n'avait-elle pas le choix? Je pense qu'elle ne pouvait vraiment pas te garder parce qu'elle n'en avait sans doute pas les moyens. Alors, plutôt que de t'abandonner dans un orphelinat, elle a préféré te remettre à ton père, sachant qu'avec lui, en France, ta vie serait forcément plus belle. Je suis sûre que pour elle ce fut un terrible sacrifice. Reste à savoir ce qui s'est passé ensuite. Peut-être a-t-elle essayé de vous retrouver? Ton père a-t-il essayé de rester en contact avec elle? C'est ce que tu dois tenter de savoir, maintenant, avant de porter un jugement définitif.

Macha

De : Sacha <sacha@intercom.fr>
À : macha@intercom.fr
Date : 09 juin

Message :

C'est bien de toi, ça, de prendre sa défense !

Sur le moment, ton message m'a beaucoup énervé. Tu la plaignais, elle, au lieu de me plaindre moi ! J'avais l'impression que toi aussi tu m'abandonnais. J'étais jaloux que tu penses à elle et pas qu'à moi. Et puis je me suis calmé et j'ai réfléchi. Je n'avais pas vu les choses comme ça, je veux dire de son point de vue à elle. Je ne pensais qu'à moi, et pas à elle. J'ai essayé de m'imaginer ce que ça pouvait faire de laisser son enfant, et je n'ai pas pu. C'est inimaginable, justement, parce que c'est insupportable. Comment l'a-t-elle supporté ? L'a-t-elle supporté ?

J'ai posé tes questions à mon père, mais, hélas, c'est non sur toute la ligne. Après sa visite à l'ambassade et l'inscription du bébé-moi sur son passeport, il a suivi les conseils qu'on lui donnait et est reparti en France avec moi, abandonnant là études et amours. Avant de partir, il est quand même repassé à la cafétéria et a donné l'adresse de mes grands-parents à une des copines de ma mère. Lui a-t-elle communiquée? L'a-t-elle jetée? Mystère. N'empêche qu'à cause de ça mes grands-parents n'ont jamais déménagé, eux qui rêvaient de se retirer à la campagne. Au cas où...

De toute façon, tout a changé là-bas dans les jours qui ont suivi ma naissance (pas à cause de moi, quand même!). L'an prochain, quand tu seras en 3ème (si tu ne redoubles pas...), tu étudieras l'histoire de l'URSS. Tu apprendras alors que le 11 mars 1985, soit deux semaines après ma naissance, Gorbatchev est devenu Premier ministre, et la Perestroïka a commencé. Ça a secoué tout le pays. La vie de ma mère a dû en être bouleversée. Mais comment? Et qu'est-elle devenue? Mystère encore. Mystère toujours.

Pour toujours.

Je crois qu'il faut que je me résigne. Et que j'apprenne à la plaindre au lieu de la détester. À vivre sans rêve d'elle, sans espoir d'elle, sans histoire d'elle. À vivre sans elle, ni avant, ni après. Tu m'aideras?

Dis, Macha, tu crois vraiment qu'elle a eu de la peine en me laissant?

De: Macha <macha@intercom.fr>
À: sacha@intercom.fr
Date: 10 juin

Message:

Je ne voulais pas te faire de la peine… Bien au contraire!

Par contre, quand ce que je te dis ne te plaît pas, tu réagis de façon très méchante, très mesquine! Pourquoi devrais-je redoubler, à ton avis? Moi, j'essaie d'être gentille, de te consoler, de t'aider à oublier tes problèmes et toi, qu'est-ce que tu trouves à faire d'autre en retour? ME BLESSER!

Mais, encore une fois, je mettrai ça sur le compte de la peine dans laquelle tu te trouves et passerai à nouveau l'éponge.

Revenons-en donc à ce que je te disais concernant ta maman. Je pensais que ce serait plus facile pour toi de croire qu'elle a souffert, elle aussi. D'ailleurs, je suis persuadée que ce fut le cas. Aucune mère n'abandonne son bébé de bon cœur. Bien sûr qu'elle a eu de la peine! Et puis, tu ignores totalement ce qui s'est passé après. Imagine que sa copine ne lui ait jamais remis l'adresse de tes grands-parents! Imagine-la, pleine de remords, folle de chagrin…

Mais franchement Sacha! Crois-tu que ça t'aide toutes ces suppositions? Car la vraie vérité, Sacha, tu ne la connaîtras jamais. Comment pourrais-tu savoir si ta mère a réellement eu l'adresse de tes grands-parents? Donc, tu ne peux tirer aucune des conclusions que tu t'obstines à vouloir tirer. Ne la raie pas de ta vie. Laisse-lui au moins le bénéfice du doute! Et continue à penser à elle avec douceur. C'est seulement ainsi que tu finiras par oublier ta peine, oublier ta haine. Ma grand-mère dit souvent que la colère est mauvaise conseillère. Elle a raison!

Oui, il est temps de passer à autre chose, Sacha.

Et d'abord, j'espère que tu n'as pas été déçu en me voyant en couleurs à la gare! Mais comme le dit si bien mon cher Prévert: « Je suis comme je suis, je suis faite comme ça... » Quant à toi, je pense qu'une fois enlevée la poussière du voyage, tu ne dois pas être mal...

Je t'embrasse, Sacha... Non, tout compte fait, je ne t'embrasse pas aujourd'hui. Tu ne le mérites pas!

De : Sacha <sacha@intercom.fr>
À : macha@intercom.fr
Date : 11 juin

Message :

Allez, Macha, le redoublement, c'était une blague ! Pourquoi tu réagis toujours au quart de tour ?

Tu sais, à la gare, je n'ai pas bien vu comment t'étais.

Je peux revoir ?

De: Macha <macha@intercom.fr>
À: sacha@intercom.fr
Date: 12 juin

Message:

Tu veux me voir, me revoir, vraiment? T'es sérieux?

Non, là, dans ce message, tu ne m'avais pas du tout l'air sérieux. Tu l'étais même si peu que j'ai pensé un moment que ce n'était pas toi qui me l'avais envoyé car je ne t'y ai pas reconnu.

Je vais réfléchir. La nuit porte conseil.

Macha

De: Sacha <sacha@intercom.fr>
À: macha@intercom.fr
Date: 13 juin

Message:
Macha,

Mais si, c'est moi qui t'ai envoyé ce message. Un moi qui en a un peu marre d'être... moi justement. Je me suis essayé à la légèreté, j'ai voulu faire le mec à l'aise. C'est raté, on dirait.

Tant pis. De toute façon, je n'aurais pas tenu longtemps comme ça. Je serais vite revenu à mes problèmes, mes hésitations, ma tristesse. Pourtant j'aimerais tant être un peu gai! Aide-moi Macha, pour ça aussi. Fais-moi rire. Depuis que je suis parti et revenu, et malgré la déception et la rancœur, je me sens comme libéré. J'ai envie de vivre, comme si je n'avais pas encore commencé. Tu comprends?

Sacha

De: Macha <macha@intercom.fr>
À: sacha@intercom.fr
Date: 14 juin

Message:

Première leçon pour être heureux: apprendre à respirer avec le ventre. Pratiquer cinq respirations matin et soir. Tu verras, c'est fastoche, ça fait un bien fou et surtout ça te permet d'évacuer des tonnes de stress et de mauvaises pensées. Si t'arrives pas, t'inquiète, je t'apprendrai.

Bonne nuit, bisous et beaux rêves.

Macha

De : Sacha <sacha@intercom.fr>
À : macha@intercom.fr
Date : 15 juin

Message :
Macha, j'arrive pas…
Et le brevet est dans quelques jours. HELP !
Sacha

De : Macha <macha@intercom.fr>
À : sacha@intercom.fr
Date : 16 juin

Message :

Cher Sacha,

Je pense qu'une rencontre s'impose de toute urgence. Car franchement, si tu ne sais pas respirer par le ventre, tu n'arriveras à rien. C'est le début du bonheur, ça !

Alors c'est quand tu veux !

De: Sacha <sacha@intercom.fr>
À: macha@intercom.fr
Date: 17 juin

Message:

Rendez-vous demain dimanche à 14 heures dans la salle des pas perdus de la gare du Nord. Pas de problème pour se reconnaître, toi tu es rousse aux yeux verts, et moi j'ai l'air d'un chien battu... Ah! mais non, ça, c'était avant! Maintenant tu es... comme tu es, et moi je ne suis plus perdu: normal, tu m'as retrouvé.

Je suis content, Macha.

Et je crois même que j'arrive à respirer un tout petit peu par le ventre. Mais un tout petit peu seulement, hein. J'ai quand même besoin de leçons.

À demain.

Sacha

De: Macha <macha@intercom.fr>
À: sacha@intercom.fr
Date: 17 juin

Message:

Maintenant, c'est moi qui ai besoin de quelques respirations du ventre. Je suis tout émue à l'idée de cette rencontre. Mais j'y serai, Sacha.

De : Sacha <sacha@intercom.fr>
À : macha@intercom.fr
Date : 19 juin

Message :
Macha
Merci pour hier après-midi.
Merci pour tout ce printemps.
Merci d'avoir été là tout ce temps.
Merci d'être toi.
Merci de rester avec moi.
Sacha

De : Macha <macha@intercom.fr>
À : sacha@intercom.fr
Date : 20 juin

Message :

Moi aussi, j'ai passé un super après-midi. Cela faisait longtemps que je n'avais plus autant ri. Jamais je n'oublierai la tête des badauds attroupés autour de nous au parc de la Villette tandis que je te donnais ta première leçon de respiration.

Merci aussi à toi, Sacha, de m'avoir un jour envoyé un message.

De: Sacha <sacha@intercom.fr>
À: macha@intercom.fr
Date: 21 juin

Message:

Je ne vais pas pouvoir beaucoup t'écrire cette semaine à cause des révisions du brevet. J'ai pris un sacré retard avec mon absence. En plus, je n'avais pas trop travaillé avant tellement j'étais plongé dans mes histoires, comme tu le sais. Mais je devrais pouvoir tout rattraper, je me sens plein d'énergie.

Mais tu peux m'envoyer un petit message d'encouragement… Tout ce qui vient de toi me fait plaisir. Plus que plaisir.

Sacha

De : Macha <macha@intercom.fr>
À : sacha@intercom.fr
Date : 23 juin

Message :
Cher Sacha,
Petit message d'encouragement !
Macha

De : Sacha <sacha@intercom.fr>
À : macha@intercom.fr
Date : 24 juin

Message :
Merci, j'en ai bien besoin !

De : Macha \<macha@intercom.fr\>
À : sacha@intercom.fr
Date : 25 juin

Message :
Cher Sacha,
Moyen message d'encouragement !
Macha

De : Sacha <sacha@intercom.fr>
À : macha@intercom.fr
Date : 26 juin

Message :
C'est dur, mais je m'accroche !

De: Macha <macha@intercom.fr>
À: sacha@intercom.fr
Date: 27 juin

Message:
Cher Sacha,
Normal message d'encouragement!
Macha
P-S. Ne sors surtout pas de chez toi le 29 sans avoir ouvert ta boîte aux lettres!

De: Sacha <sacha@intercom.fr>
À: macha@intercom.fr
Date: 28 juin

Message:
J'ai peur!

De : Macha <macha@intercom.fr>
À : sacha@intercom.fr
Date : 29 juin

Message :
Cher Sacha,
ÉNORME MESSAGE D'ENCOURAGE-
MENT
Macha

De : Sacha <sacha@intercom.fr>
À : macha@intercom.fr
Date : 30 juin

Message :

Ouf ! Terminé ! Tes messages m'ont donné du courage et du rire, merci !

En histoire/géo, je suis tombé sur… la révolution russe ! J'ai assuré un max, comme tu peux te l'imaginer. Et je me suis dit que ça terminait en beauté l'année de ma propre révolution russe.

Cet été, mon père m'emmène en vacances à Saint-Pétersbourg. L'idée est venue de lui, et je suis ravi. Mais, cette fois-ci, nous prendrons l'avion…

Depuis que je suis revenu, nous nous parlons beaucoup plus et nous prenons du plaisir à être ensemble. J'ai bien l'impression qu'une petite magicienne machaïenne y est pour quelque chose…

J'ai très envie de revoir Saint-Pétersbourg en sa compagnie. Il m'a dit qu'il me montrerait tous les lieux qu'il a aimés, et il y en a beaucoup. Malgré la fin précipitée de son séjour là-bas, il en a gardé un très bon souvenir : après tout, c'est la ville de sa jeunesse et de son amour. Et moi, c'est ma ville de naissance et de mère.

Peut-être que nous ferons des recherches pour la retrouver. Je ne sais plus trop si j'en ai peur ou envie. On verra.

Mais, en tout cas, nous irons voir ce cher Sergueï !

Et toi, que fais-tu cet été ?

Je t'embrasse.

Sacha

De: Macha <macha@intercom.fr>
À: sacha@intercom.fr
Date: 30 juin

Message:

Je savais que ça marcherait! Je n'en ai même pas douté un seul instant. Je pense aussi que tu vas passer les plus belles vacances de ta vie. Quant à ta mère, Sacha, je pense qu'une fois sur place avec ton père vous ne pourrez pas vous empêcher de la rechercher.

Au mois de juillet, je pars en camp avec mes copains E. I. Et, au mois d'août, je serai à Deauville où mes parents ont une petite maison. Mais tu sais quoi, Sacha, je pense que cet été va me sembler interminable. Je pense aussi que, pour la toute première fois, je ne vais pas autant m'amuser que d'habitude au camp de juillet. Enfin, je pense que jamais de ma vie je n'aurai autant hâte d'être au mois de septembre.

De: Sacha <sacha@intercom.fr>
À: macha@intercom.fr
Date: 01 juillet

Message:

Moi aussi j'aurai hâte de te retrouver en septembre. L'an prochain, nous nous verrons très souvent, OK?

Mais je ne suis pas aussi sûr que toi qu'une fois à Saint-Pétersbourg, mon père et moi aurons envie de retrouver ma mère. Après tout, nous avons bien vécu sans elle toutes ces années... Mais peut-être que je me trompe, peut-être que c'est toi qui, EXCEPTIONNELLEMENT, a raison...

Au fait, tu sais comment elle s'appelait, ma mère?

De: Macha <macha@intercom.fr>
À: sacha@intercom.fr
Date: 01 juillet

Message:
Bien sûr!
Elle s'appelle Macha!

Yaël Hassan et Rachel Hausfater-Douïeb

Les auteurs sont nées à Paris dans les années cinquante. Elles ont vécu à l'étranger, en particulier en Israël. Elles ont deux maris et cinq enfants. Elles écrivent depuis plusieurs années pour la jeunesse. Elles se sont rencontées lors d'un Salon du Livre et sont devenues de grandes amies.

Ce livre à deux claviers a été écrit intégralement sur Internet en temps réel.
P-S : Qui est Sacha ? Qui est Macha ?

De Yaël Hassan, en Castor Poche :
La Promesse, n° 691.
De Rachel Hausfater-Douïeb, en Castor Poche :
Viola-Violon, n° 743.

Walter Minus

L'illustrateur de la couverture est né en 1958 à Rome. Illustrateur depuis 1981, il a fait l'École nationale supérieure des arts appliqués et des métiers d'art. Ses illustrations sont parues dans de nombreux magazines féminins, comme Elle, Marie-Claire, Cosmopolitan, et de bande dessinée. Il travaille également beaucoup pour la publicité, collabore à des sites internet, réalise des pochettes de disque.

CASTOR PLUS

POURQUOI CASTOR PLUS ?

Parce que les auteurs ont leur mot à dire sur ce qu'ils écrivent.

Parce que nous, éditeurs de littérature jeunesse, sommes soucieux d'enrichir nos ouvrages.

Parce que vous, lecteurs, êtes en droit d'attendre de nos livres toujours plus d'informations.

Avec Castor Plus, nous ne prétendons pas être exhaustifs sur un sujet, ni sur un genre, mais nous avons l'ambition de vous faire partager notre passion de la littérature sous toutes ses formes.

C'est pourquoi, avec Castor Plus, nous avons choisi de donner la parole à des écrivains, des spécialistes, pour qu'ils commentent un genre qu'ils apprécient, dont ils connaissent les spécificités et les chefs-d'œuvre, ceux d'hier, et ceux d'aujourd'hui.

Le roman pour la jeunesse

«Toute lecture digne de ce nom se doit d'être absorbante et voluptueuse. Nous devons dévorer le livre que nous lisons, être captivés par lui, arrachés à nous-mêmes, emportés dans un tourbillon d'images animées, comme brassées dans un kaléidoscope.» Ainsi parle Robert Louis Stevenson, l'auteur de *L'Île au trésor*, du plaisir d'une lecture romanesque. Avec lui, laissons-nous entraîner dans les délicieux chemins de la fiction : pur plaisir d'être ici et ailleurs, dans les grands bois du Wisconsin, sur les routes américaines avec les enfants Tillerman, survolant la Norvège avec Nils Holgersson ou pénétrant tout simplement dans l'univers d'un enfant de notre âge et de notre pays, si proche et pourtant autre.

Si le romancier «promène un miroir sur une grande route» selon la formule de Stendhal, il nous renvoie aussi un miroir de nos propres sentiments parfois si confus, de nos émotions contenues, il sait nous éclairer sur nos craintes et nos doutes, donner forme à l'informe de la vie. Il nous parle, comme naguère le faisaient les contes de manière plus symbolique, des difficiles relations familiales, de l'amour, de l'amitié, de la mort aussi et le roman se fait alors roman d'initiation.

Mais il peut aussi nous faire rire, nous communiquer cet humour si indispensable pour appréhender plus sereinement le monde et nos propres difficultés.

Promenons-nous « dans les bois du roman », comme le proposait Umberto Eco. Le champ des productions romanesques est aujourd'hui immense. Il n'en a pas toujours été ainsi.

Le premier « roman » écrit pour un enfant – royal, certes ! – fut *Les Aventures de Télémaque* de Fénelon, roman didactique publié en 1699, inspiré des voyages d'Ulysse, destiné à enseigner morale et mythologie mais déjà roman d'aventure et d'initiation. Le XVIIIe siècle vit fleurir à côté de toute une littérature pédagogique et morale, l'adaptation de grands romans philosophiques destinés aux adultes : *Les Voyages de Gulliver*, de Jonathan Swift ou le *Robinson Crusoé* de Daniel Defoe (objet de multiples adaptations, au cours des siècles suivants).

Mais c'est le XIXe qui vit vraiment naître une littérature romanesque destinée à la jeunesse. Dès 1830 Charles Desnoyers invente dans *Les Mésaventures de Jean-Paul Choppart*, le premier garnement révolté et fugueur. À partir de 1850, dans la Bibliothèque rose, paraissent les romans de la Comtesse de Ségur, évocation d'un monde clos de l'enfance, cependant que se déploie en Angleterre la fantaisie de l'imaginaire avec *Alice au pays des merveilles* de Lewis Carroll, et l'éternel enfant de James Barrie qu'est *Peter Pan*. La fin du siècle voit le succès du roman de l'errance et de l'orphelin avec *Sans famille* d'Hector Malot ainsi que les grandes aventures utopiques de Jules Vernes.

Si le XIXe siècle peut être considéré comme l'âge d'or de la littérature enfantine, dont on publie régulièrement les classiques, certains ouvrages, certains auteurs jalonnent la création romanesque française du XXe siècle destinée aux enfants, et trouvent toujours leurs lecteurs. C'est bien sûr la fable morale du *Petit Prince* de Saint-Exupéry, publié à New York en 1943, l'humour et la satire des *Contes* de Marcel Aymé ou de Gripari, les gags irrésistibles, et le langage enfantin du *Petit Nicolas* de Sempé et Goscinny en 1960. C'est aussi le roman de la vie quotidienne qu'est *La Maison des petits bonheurs* de Colette Vivier (en 1939) ou encore les premières incursions dans un véritable roman policier (loin des séries stéréotypées) avec *Le Cheval sans tête* de Paul Berna (en 1955).

En 1970, la Bibliothèque internationale ouvre le champ des littératures étrangères, offrant ainsi aux lecteurs une initiation à la diversité des cultures et des imaginaires. Depuis sa création en 1980, Castor Poche-Flammarion a largement contribué à cette découverte d'auteurs et de cultures du monde entier en publiant, outre de grands succès de la littérature anglaise et américaine (le merveilleux *Jardin secret* de Frances Hodgson Burnett, *Jonathan Livingston le goéland* de Richard Bach, les romans de James Houston, Betsy Byars, Marilyn Sachs ou Cynthia Voigt), des auteurs allemands comme Hans Baumann, polonais comme Wanda Chotomska *(L'arbre à voile)* ou espagnols comme Carmen Martin Gaite *(Le petit chaperon rouge à Manhattan)*...

Les frontières se sont estompées entre littérature générale et littérature de jeunesse ; des auteurs reconnus s'inscrivent dans les deux registres : Michel Tournier, Daniel Pennac, J.M.G Le Clézio, pour n'en citer que quelques-uns. Seule la poétique diffère, écrit Pennac, la thématique peut être la même.

Depuis les années quatre-vingt, la création romanesque aborde en effet des genres et des thèmes jusqu'alors «réservés». Si l'humour et l'aventure sont toujours de mise, le roman historique évoque les conflits et les drames de notre temps ; romans policiers et romans noirs adoptent les recettes et les ressorts de la littérature adulte ; les intrigues des romans psychologiques s'inscrivent sur fond de secrets de famille et bousculent à l'occasion les tabous.

Sans doute le monde contemporain, ses angoisses et ses culpabilités se sont-ils introduits dans la fiction romanesque adressée à la jeunesse mais la qualité spécifique de ces textes réside toujours dans un certain mode d'écriture, une voix qui sait raconter, émouvoir sans troubler ni désespérer, et nous initier à la merveilleuse aventure de la lecture. Écoutons encore Stevenson : « Les mots, si le livre nous parle, doivent continuer à résonner à nos oreilles comme le tumulte des vagues sur le récif, et l'histoire repasser sous nos yeux en milliers d'images colorées. »

Flaubert (qui n'écrivait pas du tout pour les enfants) prêtait une couleur à chacun de ses romans. N'y aurait-il pas une couleur propre aux romans écrits pour la jeunesse ? À nous de la découvrir, de la savourer.

Claude Hubert-Ganiayre

Castor Poche

Des livres pour toutes les envies de lire,
envie de rire, de frissonner,
envie de partir loin
ou de se pelotonner dans un coin.

Des livres pour ceux qui dévorent.
Des livres pour ceux qui grignotent.
Des livres pour ceux qui croient ne pas aimer lire.
Des livres pour ouvrir l'appétit de lire et de grandir.

Castor Poche rassemble des textes du monde entier ; des récits qui parlent de vous mais aussi d'ailleurs, de pays lointains ou plus proches, de cultures différentes ; des romans, des récits, des témoignages, des documents écrits avec passion par des auteurs qui aiment la vie, qui défendent et respectent les différences. Des livres qui abordent les questions que vous vous posez.

Les auteurs, les illustrateurs, les traducteurs vous invitent à communiquer, à correspondre avec eux.

Castor Poche
Atelier du Père Castor
4, rue Casimir-Delavigne
75006 PARIS

Roman

Castor Poche, des livres pour toutes les envies de lire: pour ceux qui aiment les histoires d'hier et d'aujourd'hui, ici, mais aussi dans d'autres pays, voici une sélection de romans.

832 **Les insurgés de Sparte** Senior
par Christian de Montella

À Sparte, la loi impose de n'avoir que des enfants vigoureux. L'un des jumeaux de Parthénia est si frêle qu'elle le confie en secret à une esclave émancipée. Mais les deux frères vont se retrouver et s'affronter...

831 **Les disparus de Rocheblanche** Junior
par Florence Reynaud

Au IXème siècle, les habitants de l'Aquitaine vivent dans la terreur des vikings, qui saccagent les villages et enlèvent les enfants... Eglantine et son petit frère sont ainsi vendus comme esclaves.

830 **Chandra** Senior
par Mary Frances Hendry

À onze ans, Chandra est mariée, suivant la tradition indienne, à un jeune garçon qu'elle n'a jamais vu. Après leur rencontre, ce dernier meurt brutalement: Chandra est accusée de lui avoir porté malchance.

829 **Un chant sous la terre** Junior
par Florence Reynaud

Isabelle a douze ans et doit travailler à la mine pour aider sa famille. Mais elle a un don, sa voix fait frémir d'émotion quiconque l'entend chanter. Une terrible explosion bloque Isabelle dans la mine, son don pourra-t-il alors la sauver ?

828 **Léo Papillon** Junior
par Lukas Hartmann

Léo, huit ans, souffre de sa maladresse. Il aimerait être léger et beau comme un papillon. Son rêve consiste alors à s'enfermer dans un cocon de fils multicolores, en attendant la métamorphose...

Roman

827 **La chance de ma vie** — Senior
par Richard Jennings

Quand on a douze ans, recueillir un lapin blessé semble bien naturel, voir banal. Pourtant, Orwell est plus qu'un animal... c'est une chance !

825 **Temmi au Royaume de Glace** — Junior
par Stephen Elboz

Les soldats de la Reine du Froid ont enlevé Cush, un ourson volant qui vit dans la forêt près de chez Temmi. Temmi les suit au Château des Glaces, où toute chaleur est proscrite. Mais des insoumis organisent une rébellion.

824 **Les maîtres du jeu** — Senior
par Roger Norman

Edward a douze ans. Il découvre chez son oncle un jeu de société qui renferme un mystérieux secret. Il se retrouve plongé dans un terrible engrenage, où le jeu et la réalité se rejoignent.

823 **Akavak et deux récits esquimaux** — Senior
par James Houston

Akavak, Tikta'Liktak et Kungo l'archer blanc sont esquimaux. Dans l'univers rigoureux du grand Nord, ces héros doivent lutter pour survivre : découvrez leurs trois aventures au pays des icebergs...

821 **Ali Baba, cheval détective** — Junior
par Gisela Kaütz

Pendant une représentation du cirque Tenner, quelqu'un a dépouillé les spectateurs de leurs portefeuilles. Sarah, la fille du directeur, découvre le butin caché dans le box de son cheval Ali Baba. L'enquête est ouverte...

Roman

820 **L'étalon des mers**   **Senior**
par Alain Surget

Leif et son père Erick, bannis de leur village de vikings, embarquent sur un drakkar avec Sleipnir, leur magnifique étalon. Leur voyage les conduit d'abord au Groenland, où ils font la connaissance des Inuits.

819 **Mon cheval, ma liberté**   **Junior**
par Métantropo

Aux Etats-Unis en 1861, la guerre de Sécession fait rage. Amidou, jeune esclave noir, s'occupe des chevaux d'une plantation. Lui seul peut approcher Stormy, le fougueux étalon, ce qui déclenche la jalousie du fils aîné.

818 **Une jument dans la guerre**   **Senior**
par Daniel Vaxelaire

Pierre, fils de paysan dans la France napoléonienne, rêve de devenir un héros. Il part rejoindre les troupes de l'Empereur qui se battent en Italie. Le chemin n'est pas sans danger mais le destin met sur sa route une jument qu'il adopte et baptise... Fraternité.

817 **Pianissimo, Violette!**   **Senior**
par Ella Balaert

Violette a dix ans et vient de déménager. Elle se fait bien à sa nouvelle vie. Le seul problème, c'est son professeur de piano : "Le Hibou" lui mène la vie dure et pourtant Violette s'applique !

816 **Pas de panique!**   **Senior**
par David Hill

Rob adore les randonnées en haute montagne. Il est loin d'imaginer qu'il va falloir assurer pour six ! Car le guide de son groupe meurt brutalement... facile de dire "pas de panique" dans ces conditions.

Roman

815 **Plongeon de haut vol**   **Senior**
par Michael Cadnum
Bonnie pratique le plongeon de compétition. Un jour, elle se cogne la tête contre le plongeoir et depuis n'arrive plus à plonger. En plus, son père est accusé d'escroquerie...

814 **Et tag!**   **Senior**
par Freddy Woets
Vincent a une passion : peindre, dessiner et surtout taguer. Mais le jour où Alma se moque de son dernier tag en le traitant de ringard, Vincent est profondément vexé...

810 **Une rivale pour Louisa**   **Junior**
par Adèle Geras
Louisa déteste la nouvelle du cours de danse : elle est trop douée! Un chorégraphe vient recruter de jeunes danseurs : et s'il ne choisissait que Bernice? Heureusement, la chance et l'amitié triompheront de leur rivalité.

809 **Louisa près des étoiles**   **Junior**
par Adèle Geras
Louisa rêve d'assister à une représentation de Coppélia, mais les billets sont chers, et de toute façon, il ne reste aucune place ! Heureusement, la chance lui sourit : Louisa va même pouvoir rencontrer les danseurs étoiles!

808 **Le secret de Louisa**   **Junior**
par Adèle Geras
Tony, le nouveau voisin de Louisa, est doué pour la danse, mais il est persuadé que seules les mauviettes font des entrechats. Pour cultiver ce talent caché, la petite « graine de ballerine » a une idée en tête...

Roman

807 Les premiers chaussons de Louisa   Junior
par Adèle Geras

Louisa en rêvait depuis des mois : à huit ans, elle enfile enfin ses premiers chaussons de danse! En attendant de faire une grande carrière, il faut travailler sans relâche pour le gala de fin d'année. Louisa deviendra-t-elle une vraie « graine de ballerine » ?

805 Ménès premier pharaon d'Egypte   Senior
par Alain Surget

Héritier du trône, Ménès doit braver mille dangers pour prouver qu'il est digne du titre de premier pharaon d'Egypte. Saura-t-il affronter ses ennemis, et devenir le Maître des Deux Terres ?

804 Jalouses!   Senior
par Christian de Montella

Comment Simon aurait-il pu deviner que sa copine de bac à sable était devenue une véritable top-model ? Comment aurait-il pu éviter la crise de jalousie de Véronique, sa petite amie ?

803 Baisse pas les bras papa!   Junior
par Christine Féret-Fleury

Depuis que Papa est au chômage, les fous rires, c'est terminé ! Au menu : soupe à la grimace. Il n'y a plus qu'une solution : l'aider à retrouver du travail.

802 De S@cha à M@cha   Senior
par Rachel Hausfater-Douieb et Yaël Hassan

Sacha envoie des emails, comme des bouteilles à la mer, à des adresses imaginaires. Jusqu'au jour où Macha lui répond. Une véritable @mitié va naître de leurs échanges.

Roman

801 Rendez-vous dans l'impasse Senior
par Kochka

« Une histoire d'amour dont vous êtes le héros » : c'est le sujet de la prochaine rédaction de Marie. Partie à la recherche de l'inspiration, Marie débouche dans une impasse, où elle aperçoit un garçon qui s'enfuit en la voyant…

800 La main du diable Senior
par John Morressy

Béran veut être jongleur itinérant. Mais sur les routes du Moyen-Age, le diable rôde aussi : un jour, il lui propose de devenir le plus grand jongleur du monde… en échange de son âme !

799 La révolte des Camisards Junior
par Bertrand Solet

1685 : révocation de l'Edit de Nantes. Près d'Alès, Vincent, jeune drapier et rebelle protestant, est aimé de la belle Isabeau. Trahi par un ami jaloux, il s'engage aux côtés des « Camisards » pour défendre sa religion.

798 Louison et monsieur Molière Senior
par Marie-Christine Helgerson

Louison a dix ans quand Molière la choisit pour jouer dans sa dernière pièce. Et pas n'importe où ! À la Comédie Française, devant la cour du Roi Soleil…

797 Les gants disparus Senior
par Marie-Claude Huc

Millau, capitale du gant, fin 1918. Irène, quatorze ans, jeune ouvrière douée de la ganterie Palliès, est fière de son travail… Mais un vol vient semer le trouble dans la petite ville…

Roman

795 Je veux MON chien! Junior
par Colby Rodowsky

Ellie n'est pas contente, ce n'est pas un chien comme ça qu'elle voulait ! Depuis le temps qu'elle demandait à ses parents un petit chiot… elle se retrouve avec une espèce de vieux chien sans charme qui appartenait à sa grand-tante !

794 L'arche des Noé Junior
par Wendy Orr

M. et Mme Noé possèdent le plus grand et le plus merveilleux des magasins d'animaux. Ils l'ont appelé «l'arche des Noé». Leur bonheur serait complet… si seulement ils avaient des enfants ! Or, le jour de ses sept ans, Sophie vient visiter leur magasin… Entre la petite fille et les Noé c'est le début d'une grande amitié.

793 Le dernier loup Senior
par Roland Smith

Tawupu, le grand-père de Jack, est retourné sur la terre de ses ancêtres, dans le désert de l'Arizona. Jack part l'y retrouver. Là-bas, l'inquiétude monte : un loup rôde dans la région. Jack saura-t-il protéger l'animal alors qu'on organise sa mise à mort?

792 Quatre poules maboules Junior
par Robert Landa

Pour ne pas servir de dîner au fermier, Hugoline, Bruneheau, Rosette et la petite Prunelle, les quatre poules de la basse-cour, décident de s'enfuir. Elles se retrouvent au beau milieu d'une fête foraine : un tour de grande roue, un petit verre à la buvette, et nos quatre poules tournent maboules !

Roman

781 **La princesse qui détestait les princes charmants**   Junior
par Paul Thiès

Il était une fois une princesse qui s'appelait Clémentine, et qui ne voulait pas épouser de prince charmant. Elle détestait carrément les princes charmants! Elle n'avait qu'un rêve, transformer tous les garçons en grenouilles, sauf son ami Cabriole...

780 **L'araignée magique**   Junior
par Nette Hilton

Jenny adore aller passer des vacances chez Violette-Anne, son arrière-grand-mère. Cette année, Jenny y découvre une invitée surprise: Pam, l'araignée à sept pattes. Cette araignée n'est pas ordinaire, et sa présence rappelle bien des souvenirs à Violette-Anne...

779 **La fée Zoé**   Junior
par Linda Leopold Strauss

Qui a dit que les fées avaient des ailes et une baguette magique? Lorsque Zoé entre dans la vie de Caroline, elle a l'air d'une petite fille tout à fait ordinaire... et pourtant! Tout le monde ne peut pas voler et faire parler les chats!

778 **L'île du vampire**   Junior
par Willis Hall

Rejeté à cause de ses ancêtres Dracula, les seuls amis du comte Alucard sont les loups de la forêt. Quand l'un d'eux est capturé, le comte improvise un sauvetage... qui se transforme en naufrage sur une île déserte!

Roman

767 Le quai des secrets   Senior
par Brigitte Coppin

Bretagne, 1529. Un navire espagnol fait escale à Nantes et y laisse
une femme, Leonora, et son fils, Jason. Leonora rencontre Jean,
médecin, et ensemble ils ont une fille, Catherine. Un jour, Jason
dérobe un miroir pour l'offrir à une jeune villageoise. Ce vol va
entraîner la révélation de bien des secrets...

766 Le diable dans l'île   Senior
par Christian de Montella

1604. Un navire espagnol accoste une île des Terres australes. Fils
du commandant, Diego comprend la barbarie de cette conquête,
et se joint au combat, mais du côté des indigènes. Commence alors
une vie nouvelle, heureuse. Mais bientôt des incidents troublent
le quotidien de l'île : les habitant sont persuadés que l'esprit du
mal est parmi eux. Qui est donc le diable qui hante l'île ?

765 Sans toit en Bosnie   Senior
par Els de Groen

Dans les ruines d'un village bosniaque, la guerre rôde. Seule
Antonia y habite. Son but : survivre, afin d'aider trois adolescents,
réfugiés dans la montagne proche. Un jour elle recueille Aida, res-
capée d'un convoi de prisonniers. La vie est-elle encore possible
pour tous ces adolescents ?

764 Le conquérant   Senior
par Marguerite de Angeli

XVIIIe siècle : entre guerres et maladies, le malheur frappe de
nombreuses familles en Angleterre. Robin n'a que dix ans lorsqu'il perd l'usage de ses jambes. Il parviendra à vivre avec son
handicap, mais un autre défi l'attend : sauver le château.

Roman

759 **Monsieur Labulle super magicien**   **Junior**
par Massimo Indrio

En pleine nuit, M. Labulle est réveillé par un bruit. Il découvre dans la cuisine une petite fille: Stella arrive de l'espace, elle est magicienne. Elle lui demande de l'accompagner dans une mission… explosive !

758 **Monsieur Labulle super cosmonaute**   **Junior**
par Massimo Indrio

Lulu Tirebouchon est le meilleur ami de M. Labulle. Cet inventeur de génie vient de créer une fusée. M. Labulle accepte de tester l'engin : dans quelle drôle d'aventure s'est-il encore embarqué?

757 **Monsieur Labulle super détective**   **Junior**
par Massimo Indrio

M. Labulle adore lire les aventures de Super Super. Quand il apprend l'enlèvement de l'oncle Rémi, il décide de prouver à son tour son courage. Attention! Monsieur Labulle mène l'enquête…

756 **Monsieur Labulle super pilote**   **Junior**
par Massimo Indrio

M. Labulle, dans la vie il faut travailler! Oui, mais quel métier exercer? Pâtissier ou peintre en bâtiment? Pilote d'essai semble une meilleure idée… quelle course!

749 **Khan, cheval des steppes**   **Senior**
par Federica de Cesco

Anga, jeune Mongole, sauve d'une meute de loups un magnifique poulain blanc. Anga et Khan deviennent inséparables. Mais le cheval est convoité par le chef de la tribu, puis réclamé par un prince: dans la Mongolie du XIIe siècle, Anga, fille de chasseur, pourra-t-elle garder son nouvel ami près d'elle?

Roman

748 Beau-Sire, cheval royal   Senior
par Jacqueline Mirande

1214. Jean, jeune noble de quinze ans, est privé de ses richesses par son cousin. Il veut demander justice au souverain, Jean sans Terre, et s'enfuit avec Beau-Sire, son cheval. Mais ce magnifique étalon est très convoité : la route est semée d'obstacles et Jean, tombé aux mains d'un brigand, n'aura la liberté... qu'en échange de sa monture.

747 Un cheval pour totem   Senior
par Alain Surget

Nuun a dix ans, l'âge auquel on devient adulte dans sa tribu. Il doit pour cela subir un rite d'initiation et choisir un animal-totem : ce sera le cheval. Quelques jours plus tard, il trouve un poulain, et l'adopte. Nuun le baptise Charbon, et ils deviennent inséparables. Mais le sorcier de la tribu est jaloux, et se fait menaçant...

746 Le cavalier du Nil   Senior
par Alain Surget

Bitiou, fils de paysans dans l'Égypte des pharaons, est fasciné par les chevaux. Un jour, il se joint aux troupes de Ramsès II, qui regagnent Memphis. Arrivé au palais, Bitiou se faufile jusqu'aux écuries royales. C'est alors qu'il fait la connaissance du plus beau cheval de Pharaon : ensemble, ils vont vivre des aventures extraordinaires.

745 Punch et Judy   Senior
par Avi

Les États-Unis, à la fin du XIXe siècle. Punch a huit ans à peine lorsqu'il est recueilli par la troupe ambulante des Joe MacSneed. Il apprend dès lors à vivre comme un vrai saltimbanque, aux côtés de Judy, la fille de Joe, dont il est amoureux. Mais bientôt, les difficultés s'accumulent...

Roman

744 Les naufragés du ciel   Senior
par Daniel Vaxelaire

Octobre 1929, aéroport du Bourget : l'avion Farman 192 AJJB s'envole. À son bord, trois héros avec ce rêve fou, ce pari insensé : rallier la Réunion par les airs. Arriveront-ils à bon port ? Farman résistera-t-il aux tempêtes du continent africain ? La mer épargnera-t-elle les aventuriers ?

743 Viola Violon   Senior
par Rachel Hausfater-Douieb

Viola a onze ans et déteste son prénom. Jusqu'au jour où Benny la surnomme « Viola Violon » : alors, pour que son prénom soit aussi beau que la musique d'un violon, Viola décide d'apprendre à jouer de cet instrument. Au fil des années, Viola va trouver son identité et s'accepter telle qu'elle est, grâce à la musique.

742 Un héros pas comme les autres   Junior
par Anne-Marie Desplat-Duc

Mathias, un jeune paysan, vit au XVe siècle. Amoureux de la châtelaine Aelis, il n'ose pas lui avouer ses sentiments. Il finit par demander de l'aide à un personnage tout à fait inattendu... l'auteur !

737 L'été catastrophe !   Senior
par Margot Bosonnet

Depuis que Marcus a rejoint la bande du Ventre Rouge, les grandes vacances ne sont plus qu'une gigantesque bataille ! Grimper aux arbres à mains nues, voler des groseilles, passer la nuit dans une ruine abandonnée (et hantée !)... ces cinq lascars ont plus d'une idée en tête pour faire enrager voisins, parents... et même policiers !

Roman

736 **Tante Morbélia et les crânes hurleurs**   Senior
par Joan Carris

Horreur ! Tante Morbélia vient s'installer chez Todd, et avec elle toutes ses légendes de crânes hurleurs et d'affreux fantômes ! En plus, c'est une ancienne maîtresse, qui veut lui faire réciter ses leçons chaque jour. Dire que pour Todd, retenir les douze mois de l'année est déjà tellement compliqué… Et puis surtout, surtout, il déteste les histoires qui font peur !

735 **Ah ! Si j'étais grand…**   Junior
par Siobhan Parkinson

Ça n'est vraiment pas drôle d'avoir mille cent ans, d'être lutin et petit pour la vie ! Lorenz en a assez, assez, assez ! Mais voilà qu'il fait la connaissance d'Iris, qui elle, voudrait bien être moins ronde et rétrécir un peu. Que vont inventer les nouveaux amis pour changer de vie ?

734 **Un prince en baskets**   Senior
par Liliane Korb et Laurence Lefèvre

Quelle surprise ! Solveig et Nils, descendus fouiller la cave pour s'occuper, y découvrent une jolie jeune fille assoupie… depuis deux cents ans ! N'y aurait-il pas un petit peu de sorcellerie là-dedans ? Et que faire d'une aristocrate qui a échappé à la Révolution, quand on a quatorze ans et qu'on porte des baskets ?

732 **L.O.L.A**   Senior
par Claire Mazard

Qui adresse du courrier à Lola sans le signer ? Pour la jeune fille, ces lettres anonymes sont d'abord agaçantes, puis touchantes, et surtout intriguantes. Accompagnée de son petit frère Jérôme, Lola va mener une enquête… alors que la réponse est tout près d'eux, sous leurs yeux.

Roman

731 Ninon-Silence   Senior
par Marie-Claude Bérot
*Une nuit, Ninon est réveillée par des sanglots dans la chambre
de ses parents. Elle entend cette phrase terrible : « Ninon n'est
pas ta fille ! ». L'enfant a l'impression que le monde s'écroule
autour d'elle. Le lendemain, Ninon a perdu la parole.*

730 Le Maître des Deux Terres   Senior
par Alain Surget
Antaref, roi de Haute-Égypte, a été assassiné. Son fils doit lui
succéder. Mais le temps presse, car déjà la Basse-Égypte a
déclaré la guerre. Ménès saura-t-il défendre son pays, venger
son père et libérer son amie Thouyi, avant de devenir le premier pharaon ?

721 Prends garde aux dragons !   Junior
par Norbert Landa
Le roi et la reine partis en Italie, le petit prince Léo est seul au
château. Il tombe sur un œuf de dragon. Que faire ? Le conserver ou le cuisiner ? Mais est-ce que c'est bon, une omelette de
dragon ?

720 À vos marques !   Senior
par Michel Amelin
C'est reparti ! Dès le début de l'automne, la mère de Gontran est
obsédée par le port de l'écharpe obligatoire ! Quelle horreur, surtout quand la dite écharpe a déjà été usée par des générations,
depuis le frère aîné de l'arrière-grand-père de Gontran… Il aimerait tellement frimer avec des vêtements de marque, comme tant
de ses copains !

Roman

718 **La vengeance du vampire** Junior
par Willis Hall

Dur, dur d'être vampire de nos jours, surtout vampire végétarien !
Rejeté pour les crimes de ses aïeux Dracula, le gentil Alucard voudrait tant qu'on l'aime ! Va-t-il trouver en Amérique le coin tran-
quille de ses rêves, où vivre en paix entouré d'amis ? Ce serait
compter sans un ambitieux producteur de films d'horreur, un
shérif du Kansas et un étrange homard géant…

717 **Nabab le héros** Junior
par Adèle Geras

Nabab est un chat que rien n'arrête. Or voici que la jungle d'à-côté
redevient jardin civilisé. Et la nouvelle voisine ne veut pas de chat
sur ses terres ! Nabab reculera-t-il devant un balai ?

716 **Popeline a disparu** Junior
par Adèle Geras

Popeline a été abandonnée toute jeune et a tant besoin d'être
aimée ! Le jour où « sa » famille s'agrandit d'un nouveau-né, elle
fait de son mieux pour l'accueillir à sa façon. Mais ses initiatives
sont comprises tout de travers ! Popeline décide de fuguer…

715 **Signé : Fouji** Junior
par Adèle Geras

Fouji est le doyen des chats du square Édouard. Il ferait n'importe
quoi pour « sa petite humaine » – sauf poser pour un portrait, sans
bouger pendant un temps fou ! Pour échapper à la corvée, Fouji
est prêt à tout… les résultats seront surprenants !

Roman

714 La revanche de Mimosa — Junior
par Adèle Geras

Toute ronde et d'un âge respectable, Mimosa est une chatte heureuse… jusqu'au jour où « sa » famille reçoit pour les vacances une petite humaine, une véritable peste de six ans. La vie de Mimosa devient un enfer ! Il faut chasser la visiteuse !

713 Jaguars — Senior
par Roland Smith

À peine de retour du Kenya, le père de Jake se lance dans un nouveau projet. Cette fois, il s'agit de créer une réserve de jaguars en Amazonie. Jake rejoint l'expédition pour les vacances. Mais la semaine a tôt fait de se transformer en une véritable épopée, et Jake en pilote virtuose d'U.L.M !

712 L'élan bleu — Junior
par Daniel Pinkwater

Monsieur Breton se sent bien seul, dans son restaurant du bout du monde… Mais lorsqu'il rencontre l'élan bleu, tout va mieux! Les clients se bousculent, sa soupe aux chipirons fait un carton, et, surtout, il a de vrais amis. Jusqu'au jour où l'élan bleu décide d'écrire un livre.

711 La Bande Sans Nom — Senior
par Guido Petter

Été 1944. Dans un petit village italien, des gamins rêvent d'aventures et de combats, et créent la Bande Sans Nom. Ils engagent bientôt les hostilités avec les Têtes de fer, tandis qu'au loin résonnent les coups de feu d'une autre guerre, bien réelle. Dans les montagnes, les partisans défendent la zone libre contre les milices fascistes. Pour la Bande Sans Nom, c'est le moment où jamais de faire preuve de courage…

Roman

710 L'assassin du Nil
Senior

par Alain Surget

Depuis qu'il a accompli trois exploits mémorables avec sa jeune amie Thouyi, Menî a été reconnu digne de succéder à son père sur le trône d'Égypte. Mais le jour de la cérémonie, un ambassadeur est assassiné dans le palais. Pour éviter la guerre avec le royaume de Basse-Égypte, Menî doit se rendre jusqu'à Bouto, par le Nil…

709 Cette nuit, on embarque
Senior

par Frances Temple

À Belle Fleuve, en Haïti, les tontons macoutes règnent dans la terreur. Paulie fait partie des quelques habitants qui résistent, tenaillés par la peur et la faim. Face à l'injustice et à la violence, il ne reste plus que la fuite.

707 C'est ici, mon pays!
Senior

par Cécile Gagnon

Au Québec, au milieu du XIX⁰ siècle, de nombreux pionniers s'en vont tenter l'aventure dans des régions inconnues. Georgina n'est qu'une enfant quand elle part avec sa famille pour le lac Saint-Jean. Une vie nouvelle l'y attend, dans une nature souvent hostile, auprès du peuple indien, sauvage et fascinant….

706 Joyeux anniversaire
Junior

par Jacques Poustis

Pour l'anniversaire de Oualid, Pattenbois a préparé une tirelire. Mais sur l'Île merveilleuse, l'argent n'existe pas. Jusqu'au jour où les élèves de Pattenbois découvrent un incroyable trésor, et inventent une nouvelle monnaie… le macao !

Roman

705 Le fils du garçon boucher

Senior

par Jacques Delval

Juste avant la mort de son père – le boucher du bourg – Gérard apprend qu'il est un enfant bâtard. Le jour de l'enterrement, il s'enfuit. Malgré son jeune âge, et la guerre, Gérard rejoint l'Afrique de ses livres, le pays de ses rêves.

704 Une grenade dans le crâne

Senior

par Stéphane Marchand

Être traité comme un militaire, à quatorze ans, c'est le sort du "soldat Lucas". Ancien combattant du Viêt-nam, son père a conservé de la guerre un terrible autoritarisme, qu'on dit dû à des éclats de grenade, fichés dans son crâne. Orphelin de mère, Lucas saura-t-il un jour ce qu'est un père aimant ?

700 Burton et Stanley

Junior

par Frank O'Rourke

Deux marabouts d'Afrique perchés sur le toît d'une gare d'Amérique, ça n'existe pas ! Deux marabouts parlant le morse avec le chef de la station, ça n'existe pas ! Mais quand les deux marabouts s'appellent Burton et Stanley et que tout se passe à Cherrygrove, U.S.A., pourquoi pas ?!!

699 En haut, la liberté

Senior

par Daniel Vaxelaire

Petit-Jacques vit au Domaine, soumis aux rudes lois de Sansquartier, le contremaître. Comprenant que son frère et sa fiancée vont s'enfuir, il décide de les suivre. Tous trois deviennent des Noirs « marrons », comme on appelle à La Réunion les esclaves fugitifs. Mais une fois dans la forêt, comment survivre et gagner la liberté ?

Roman

693 Chipies !   Senior
par Cynthia Voigt

L'une joue au foot, l'autre pas. L'une est brouillon, l'autre méti-
culeuse. L'une est agressive, l'autre douce... à première vue, du
moins ! Un jour de rentrée, l'ordre alphabétique les rapproche.
Font-elles la paire ? Et, si oui, quelle paire ? Une chose est sûre :
avec ces deux-là, la salle de classe tourne au champ de mines !

692 Une jument dans la tempête   Junior
par Irene Morck

Ambrose est certain d'avoir fait une erreur. Pourquoi a-t-il acheté
Mondaine, une vieille jument de vingt-cinq ans ? Pour ses randonnées en montagne, il a besoin d'une bête forte et résistante !
Heureusement, Mondaine est courageuse, et saura prouver à son
maître qu'il est bon de faire confiance à son cœur...

691 La promesse   Senior
par Yaël Hassan

« Je m'appelle Sarah Weiss. L'histoire que je vais vous conter, je la
porte en moi depuis fort longtemps. » Une petite fille juive raconte
les tourments de la guerre et de l'occupation. Pour Sarah, l'espoir
réside dans cette promesse insensée donnée jadis à son grand-père :
celle de trouver un jour une terre d'accueil, un pays, un chez-soi...

690 Lettres secrètes   Senior
par Marie-Hélène Delval

« Cher Nicolas... » Ces deux mots font vivre Mathilde, la font sou-
rire et pleurer, rêver et desespérer. Tous les jours, elle écrit à l'élu
de son cœur, mais ne lui envoie pas ses lettres. Cette correspondance secrète, douloureuse parfois, est surtout un premier pas
dans l'amour...

Roman

689 Babe Le cochon dans la ville   Junior
par Justine Korman et Ron Fontes

Sauver la ferme ! Telle est la mission de Babe après le grave accident de son fermier, M. Hoggett. Pour payer les banquiers, une seule solution : Babe doit gagner le concours de la foire agricole. Mais qu'il est difficile de se repérer dans une grande ville ! Heureusement, Babe n'est pas un cochon ordinaire...

686 Piège dans les rocheuses   Senior
par Xavier-Laurent Petit

Gustin n'a pas vu son père depuis qu'il a... quatre mois ! Cet été, il va le retrouver, au cœur du Wyoming, dans le campement indien où Renard Rouge vit désormais. Mais la sérénité de cette existence sauvage cache une inquiétude, une menace... La présence de Gustin suffira-t-elle à déjouer les plans de Willcox ?

685 Café au lait et pain aux raisins   Junior
par Carolin Philipps

Ce soir-là, seul dans l'appartement, Sammy se prépare pour aller au feu d'artifice. Soudain, une bombe incendiaire est jetée par la fenêtre. Que signifie cette violence ? Et pourquoi Boris, son voisin et camarade de classe, assiste-t-il à la scène sans rien faire ? Avec douleur, Sammy découvre qu'il est victime du racisme...

683 Marine   Junior
par Chantal Crétois

Marine est une « enfant de la DDASS ». Elle apprend un jour que ses parents de naissance n'ont plus de droits sur elle, qu'elle peut être adoptée. Mais qu'il est difficile de se laisser aimer lorsqu'on a douze ans et que tout est cassé dans sa tête et dans son cœur !

Cet
ouvrage,
le huit cent
deuxième
de la collection
CASTOR POCHE,
a été achevé d'imprimer
sur les presses de l'imprimerie
Maury Eurolivres
Manchecourt - France
en janvier 2007

Dépôt légal : mars 2001.
N° d'édition : 4815. Imprimé en France.
ISBN : 2-08-16-4815-6
ISSN : 0763-4544
Loi n° 49-956 du 16 juillet 1949
sur les publications destinées à la jeunesse